NOCES DE VELOURS

« *Šťastnou cestu !* », littéralement « *Heureux chemins !* »,
est l'expression tchèque pour souhaiter un bon voyage.

JP Bouzac

NOCES DE VELOURS
Heureux chemins !

Avec un texte de
Gerhard Rummel

Et un poème de
Hanuš Hachenburg

Fabrication et édition: BoD – Books on Demand, Norderstedt

12/14 rond-point des Champs Elysées. 75008 Paris

ISBN : 9783752819922

Dépôt légal : 2018

Prix : 9.00 €

Photos de couverture :

© JP Bouzac (1), vue depuis le musée de Kampa, Prague, 2013

© Sabine Renault (4), portrait de l'auteur, Galerie nationale de Prague – Palais des foires, Prague, 2013

Photos dans le texte : © JP Bouzac

A mes parents,

Louis-Clément Renault (1925-2015)

Marcelle Renault, née Charbonnier (1930-2017)

Marcelle et Louis-Clément Renault, Prague, 24 août 1997

A mon ami,
Dr. Gordon Tung-Chin Kung (1973-2015), Taiwan

Gordon was a living bridge between Asia and the rest of the
world. Together we have admired the Butterfly Kingdom; in the
City of Mostar we did enjoy like children the peaceful mood
after the disaster and the pure green waters of the Neretva
River.

Gordon, Mostar, Bosnie-Herzégovine, juin 2014

Table des matières

Maisons à Český Krumlov, JP Bouzac, crayon et aquarelle sur papier, 2018, d'après « Croissant de maisons à Krumau », Egon Schiele, huile sur toile, 1915

Préface à l'édition française

Trois années se sont écoulées entre l'édition de la version originale en allemand de ce petit livre et la version française que vous lisez. Et un peu de plus, tout se serait bien passé. Mais, en avril 2018, Sa, Ba, Dou et moi-même, affamés de soleil et de printemps, assoiffés d'aventure et de bonne bière, mîmes le cap vers le sud depuis Berlin, pour une semaine intitulée « *Au-Tour de Prague* ».

Encore sous le charme des « *Vigiles de Karlštejn* », livre de František Kubka [1], qui fait revivre l'époque de Charles IV, roi de Bohème et empereur du Saint-Empire romain germanique, je me posais la question : « *Charles, Karl, Karel... était-il allemand, tchèque ou les deux ?* » Vous allez à peine le croire : la réponse varie selon les sources consultées. Seuls points d'accord : son père était luxembourgeois, sa mère tchèque.

Notre première étape, à Görlitz, ville de Lusace, ancien fief du royaume de Bohème, depuis 1945 mi-allemande, mi-polonaise *(Zgorzelec)*, mi-saxonne *(officiellement du côté allemand)* et mi-silésienne *(des deux côtés !)*, nous a tout de suite mis dans le bain : panneaux routiers bilingues, en allemand et sorabe [2], menus des restaurants en allemand et polonais, personnel polonais *(sur les deux rives de la Neisse)*. L'histoire européenne, c'est compliqué !

Görlitz, l'une des rares vieilles villes d'Allemagne épargnées par la seconde guerre mondiale, revient de loin. Pimpante, elle a toujours un petit air de famille avec les cités de l'ancienne *Hexapole de Haute-Lusace*, confédération prospère au quatorzième siècle sous Charles IV, roi de Bohème...

A peine avions-nous quitté Berlin, que notre Tour de Prague avait déjà commencé !

---

1 *Traduction littérale, ce livre n'étant pas traduit en français*
2 *Dialecte slave, proche du tchèque, de la minorité présente depuis mille ans dans la région*

En suivant la Neisse vers le sud, dans un paysage vallonné et rieur, qui ne nous quittera plus tout au long du voyage, on rejoint bientôt Zittau, autre ancienne ville de l'Hexapole. La vieille ville n'a, au premier abord, pas grand-chose de *bohémien*.

Pourtant, la plus célèbre curiosité locale remonte elle-même à une époque à laquelle Zittau, ville frontière d'avec le royaume de Bohème, vivait en grande partie des échanges avec ce voisin prestigieux. Je n'ai pas l'intention d'écrire un livre sur Zittau, je vous rassure, mais encore moins envie de passer sous silence cette fantastique histoire.

La voici, en quelques mots : en 1472, le riche marchand de céréales et d'épices Jacob Gürtler fit le don à l'église d'une toile de la passion [3] de grande taille [4] et de toute beauté. Cette toile, une bédé biblique pleine de vie et de couleurs, fut exposée pendant deux cents ans, chaque année, pour Pâques, dans l'église Saint-Jean, sur la place centrale de la ville, et entreposée dans cette même église le reste du temps. L'église Saint-Jean, comme une bonne partie de la ville, fut détruite par un incendie en 1757, à la suite d'un bombardement par les Autrichiens.

On redécouvrit par hasard la toile indemne en 1840. Elle fut alors exposée à Dresde, où elle resta jusqu'en 1876, avant de retourner à Zittau. Après la destruction de Dresde, en février 1945, comme de la grande majorité des villes allemandes pendant ce début d'année très meurtrier, on cacha la toile dans la ruine de l'ancien château fort et cloître d'Oybin.

Des soldats soviétiques découvrirent la cachette, découpèrent la toile en quatre morceaux et s'en servirent pour couvrir les murs du sauna qu'ils installèrent dans une grotte de la forêt au pied des ruines ! Après leur départ, un habitant du village retrouva la toile pleine de boue dans les sous-bois.

---

3 *On dit aussi : Voile quadragésimal...*
4 *8,20 x 6,80 m, soit 58 m^2*

C'est seulement après la chute du mur en 1989 et avec le soutien d'une fondation suisse que la toile, passablement décolorée, entre-temps découpée en dix-sept grands et de nombreux petits morceaux, fut soigneusement recousue. Depuis 1999, elle est la principale attraction de l'église de la Sainte-Croix transformée en musée. L'histoire européenne…

Et la Bohème dans tout cela ? C'est simple, elle nous a comblé : Les orgues basaltiques de Novy Bor et le Paradis de Bohème, Náchod [5], la ville de naissance de Josef Škvorecký, Kutná Hora, l'ancienne rivale de Prague et ses vignes, Tábor, la ville hussite encore décorée aux couleurs de Pâques, la visite guidée du château de Rožmberk, surplombant la Vltava, l'abbaye cistercienne de Vyšší Brod, Holašovice, village modèle, České Budějovice, capitale régionale dynamique au centre-ville entièrement rénové et plein de vie…

Vitrine au pied de la Tour Noire, České Budějovice, avril 2018

---

5 *Et un excellent premier dîner tchèque au restaurant de l'hôtel du château… (Zámecký hotel U Rajských v Náchodě)*

Písek, son vieux pont de pierre, particulièrement beau depuis la terrasse du café Mozart, Blatná, son château Renaissance entouré d'eau et d'un parc rempli d'arbres centenaires et de cerfs curieux, Roudnice nad Labem, la vallée de l'Elbe et la Suisse tchèque, telles étaient les principales re-découvertes, dans un paysage printanier de collines vert rizières, parsemées de fleurs, buissons d'aubépines, fleurs des bois de toutes les couleurs.

Pas étonnant que l'on trouve encore un peu partout en Bohème du miel de très bonne qualité. Nous en avons ramené plusieurs grands pots à la maison. C'est que, depuis un voyage en Bulgarie, l'an passé, notre consommation de miel (avec yaourt et noix) a augmenté de quantité inversement proportionnelle à l'offre dans les magasins de la capitale allemande.

Ba ferait bien remarquer au passage que la diversité des formes du paysage s'explique par la richesse géologique du sous-sol, les grès laissant la place au granite, aux laves (les orgues et plein de petits volcans tout mignons), aux bancs de calcaire et aux falaises de schistes.

Tout cela fait de beaux promontoires très souvent couronnés par des bâtiments rénovés ou en ruines, châteaux, églises, cloîtres et tours d'observation. Nous avons, cette fois-ci, bien vus, de nos propres yeux, le mythique Mont Blaník aux deux sommets *(sur la route de Tábor)* et même son concurrent sacré, le Mont Říp *(près de Roudnice nad Labem)*. Faute de temps, nous nous sommes contentés de boire un café turco-tchèque au pied du premier et de déjeuner (truite et asperges primeur) au pied du second, par vingt-huit degrés à l'ombre, un vingt avril ! L'accès du mont sacré était bloqué, car ses flancs accueillaient une foire foraine.

Les stars du voyage, Český Krumlov et Karlovy Vary, ont, elles aussi tenu leurs promesses. La première, envahie dans la journée par les Chinois, et rebaptisée à cette occasion Čínský Krumlov, la seconde complètement aux mains des Russes, toutes deux très bien restaurées, toutes belles, mais sans avoir perdu pour autant leur charme bien particulier.

Tour du château, Český Krumlov, avril 2018

Ba, encore elle, a résumé à sa façon le choc provoqué par sa première promenade (nocturne) dans Český Krumlov :

« Mais comment une ville, dont je n'avais jamais entendu le nom il y a seulement deux jours, peut-elle me plaire autant ? »

Sur ce, nous avons parcouru la ville de fond en comble et de haut en bas. De notre magnifique pension installée sur la butte couverte d'une roseraie, au pied de laquelle se cache l'atelier de Schiele, à l'ancien couvent des Clarisses tout juste rénové, en passant par les berges, ponts, ruelles, arrière-cours et jardins. C'est le miracle de Český Krumlov, dès la première visite, on sait qu'on y reviendra un jour, pour une heure ou un mois, à n'importe quelle saison.

Qu'il existe encore des restaurants traditionnels comme *Na Louži*, en plein cœur de Český Krumlov, tient aussi du miracle. Ça tombe bien, les miracles, nous, on aime ça ! Ainsi que les saucisses noyées dans le vinaigre, le chou blanc et le paprika (*utopenci*, export perso : six verres), le pain de seigle grillé frotté au beurre d'ail, la carpe de Třeboň grillée avec ses petits épinards, le foie de porc à la mode « *Vieille-Bohème* », les crêpes en tout genre (des *lívance* aux *palačinka*), les *koláč* au pavot, fromage blanc ou mousse de prunes, les *štrůdl* aux pommes et aux noix, les *trdelniki* tout chaud, roulés dans le sucre à la cannelle, les *knedliki*…

Quoique, en ce qui concerne ces derniers, ces *quenelles*, salées ou sucrées, à base de pomme de terre, de mie de pain dur, avec ou sans lardons ou mousse de prunes, il faut bien reconnaître que les opinions étaient, disons… partagées. Dou, fidèle à lui-même, a bien sûr tout mangé, mais de préférence des *brambory*, c'est-à-dire des patates non quenellisées. A tel point que, si nous l'avions écouté, nous aurions passé tout le séjour près de Kutná Hora, dans la ville du même nom. Ou, autre possibilité, au pied de la Tour d'observation de Diane, à quelques centaines de mètres, à vol d'oiseau, du Grand Hotel Pupp, notre hébergement local, à la buvette vendant des *bramborák se zelím*.

Une fois de plus, nous avons eu de la chance. Car de nombreux lieux n'ouvrant leurs portes qu'en mai (on reviendra !), la température estivale propice aux promenades était la bienvenue. Nous avons marché chaque jour un peu plus pour finir par battre le record du monde à Karlovy Rusky sous les yeux ébahis des curistes de toutes les Russies, interrompant pendant quelques instants leur sacro-sainte séance photos devant le vénérable magnolia en fleurs du parc Dvořák.

A propos de la plus belle des villes thermales, j'ai été surpris de revoir cette piscine bétonnée qui m'avait tant gêné dix ans plus tôt. Elle est certes laide, mais plutôt excentrée et donc négligeable. Ce qui n'est pas du tout le cas de la *Vřídelní kolonáda*, thermes dites « *de la source bouillonnante* », construite entre 1969 et 1975, entre les élégantes Thermes du marché, en bois peint en blanc et l'église Marie-Madeleine, un cas pour les inconditionnels du béton armé, que j'avais complètement occultée de mon souvenir.

La préparation de ce voyage a été accompagnée de deux redécouvertes : celle, au fond de mon ordinateur, de photos de Görlitz datant de 2008, portées disparues depuis, et aussi celle d'un voyage à deux (avec Sa) à Prague en juin 2000, alors que nous revenions tout juste d'un tour en voiture Bohème-Moravie-Slovaquie-Hongrie. Jusque-là, le bruit courait que la fin dramatique de la « *Première petite histoire pragoise : Carnet d'une disparue* » était le seul fruit de mon imagination fertile. Une boîte de diapos cachée au grenier a apporté la dernière preuve de l'authenticité du récit. Le temps passe vite et on oublie encore plus vite. Tout ou presque. Ce que l'on a visité et quand on l'a visité, ses propres petites histoires, et bien entendu l'histoire des pays visités.

Une bonne solution contre l'oubli : lire. Par exemple les discours de Václav Havel de 1990 à 1991, ma lecture de chevet pendant ce dernier voyage. Des textes qui n'ont pas pris une ride, à la condition toutefois de ne pas considérer optimisme et naïveté dans la politique comme complètement démodés. Ce qui, vu la situation actuelle, et pas seulement en République Tchèque, peut laisser rêveur.

A part lire, on peut naturellement aussi écrire et agrémenter le tout de photos personnelles [6], comme c'est le cas de cette édition. En allemand, ce livre s'appelait à l'origine « *Noces d'argent bohémiennes* », fine allusion à mon premier voyage à Prague en 1990 juste après mon mariage avec Sa. Comme nos *Noces de velours* approchent à grand pas (29 ans), cette traduction s'imposait, à double titre.

Lors de notre dernier passage dans le pays, en 2014, nous avions été directement confrontés au centenaire du déclenchement de la première guerre mondiale. Tout cela appartient déjà au passé. Nous sommes tout prêt de la fin de ce terrible conflit, cent ans après.

---

6 *On trouve sur internet quantités de photos fantastiques ou cart'postalisantes*

Et, pendant que nous y sommes, nous qui revenons tout guillerets d'une cure de printemps autour de Prague, comment pourrions-nous ignorer les cinquante ans du *Printemps de Prague* ?

La joie des citoyens ayant cru, pendant plusieurs mois, pouvoir remplacer la dictature par un système humain et l'écrasement dans le sang de cette tentative, restée unique, par les armées du pacte de Varsovie. Comment se fait-il, qu'un demi-siècle plus tard, on continue d'utiliser le même terme pour parler de ces deux évènements intimement liés, mais que tout sépare ?

Et boire, pour oublier ? « *Prager Frühling 1968 - Pivnice* [7] » est le nom du bar à bière ouvert l'année dernière par Luděk Pachl à Berlin-Pankow. Un établissement qui n'a rien de politique, comme précise Luděk, l'inventeur, le patron, l'artiste de TUZEX, magasin, bistrot, galerie tchèque de Prenzlauer Berg depuis 2009 (vient de fermer !).

Mais dites-moi, cette soi-disant deuxième préface, ne serait-elle pas en fait qu'un prétexte pour une nouvelle « *Petite histoire pragoise* » (presque sans Prague) ?

Panketal, mai 2018

---

7 *Printemps de Prague 1968 (en allemand) − Bar à bière (en tchèque)*

Préface pour Henry

Dans un monde dans lequel on s'envole pour une semaine à Bali ou un week-end à New York sans la moindre arrière-pensée, on oublie facilement ce pays fantastique, tout près de chez nous, prêt à combler tous nos désirs. Il faut admettre que les soi-disant plages paradisiaques (avec cocotiers) y sont assez rares. *« Sauf pour les poètes, car pour eux la Bohème est au bord de la mer [8].»*

J'écris volontiers Bohème, même si, en France ou ailleurs, cela peut sembler un peu démodé ou bien justement à cause de cela. En Bohème, la Bohème, ou plutôt les Bohèmes, comme on dit là-bas, sont tout à fait d'actualité. Et c'est cela qui compte.

Pour Prague, c'est plus facile. La capitale de la République Tchèque fait depuis des années partie du club exclusif des villes préférées de la planète. Un peu de plus, elle aurait été étouffée par tant d'affection. Entretemps, la ville a repris son souffle et on peut à nouveau l'admirer en toute saison. Bien sûr vous n'y serez pas seul. Mais à Venise, Paris ou Shanghai non plus.

Ce pays est très présent dans la partie allemande de ma famille. Mon beau-père en a fait la connaissance dès son enfance. Comment et pourquoi ? Vous le saurez en lisant le chapitre *« Gerhard à Prague »*.

En ce qui me concerne, je ne suis marié, avec mon épouse et la Bohème, que depuis 1990. L'air de rien, c'est la médaille d'argent ! Notre première visite honeymoonienne fut suivie de nombreux séjours à deux ou avec des amis et parents. Les *« Petites histoires pragoises »* relatent certaines de ces visites.

---

8 Citation extraite de *« chronos krumlov »*, livre de Harry Oberländer, 2015, traduction libre d'après Shakespeare

La Bohème ne vit pas seulement de l'autre côté des Monts métallifères, mais aussi dans d'innombrables livres, films… ainsi que dans ma ville d'adoption : Berlin. Et c'est ainsi que commence cette histoire.

Panketal, 2015

Orgues basaltiques, Novy Bor, avril 2018

Prague à Berlin : Hrabal

En cette froide soirée de décembre, je quitte mon bureau près de l'ancien Check Point Charlie pour me rendre à pieds à l'ambassade de la République Tchèque dans les rues balayées par un vent d'est mordant.

« En hommage à l'écrivain Bohumil Hrabal, né il y a cent ans et peut-être l'auteur tchèque le plus important du vingtième siècle » est écrit dans l'invitation du Festival de culture et d'art tchèques à un spectacle musico-littéraire intitulé *« Moi qui ai servi le roi d'Angleterre ».*

Ces derniers temps, j'ai appris à aimer le bâtiment quadratique de l'ambassade de la République Tchèque au coin de la Wilhelmstrasse et de la Mohrenstrasse. Vu du dehors, cette œuvre d'art des années soixante-dix évoque le surnom moqueur que lui avaient donné les Berlinois dès son inauguration comme siège de la représentation de la ČSSR à Berlin, capitale de la RDA, à savoir l'OVNI.

Les amateurs d'architecture savent que cette grosse boîte a été construite dans le style brutaliste. Lequel n'a rien à voir, ni avec la science-fiction, ni avec la brutalité, sinon celle du béton utilisé. *Béton brut*, comme disait Le Corbusier, l'un des plus célèbres adeptes de cette école. Comme la plupart des ignares j'ai cru jusqu'à il y a peu que cet immeuble n'avait jamais connu d'architecte. Peut-être avait-il été conçu comme brique Lego géante ou comme Infobox à des fins publicitaires ? Ou bien, si ça se trouve, a-t-il atterri par une nuit sans lune en plein dans le no man's land de l'époque ?

La réalité, c'est bien connu, dépasse souvent la fiction. C'est pourquoi cet objet flottant dans le ciel berlinois a deux parents (selon certaines sources même trois) : les Tchèques Věra Machoninova et son mari Vladimír Machonin (ainsi que l'Allemand Klaus Pätzmann ?).

En plus de l'incontournable béton brut, il est surtout composé d'acier, de granit et de verre…

15

Aujourd'hui la queue pour l'admission dans le bâtiment atteint la porte d'entrée. Par chance, personne ne doit attendre dehors. La foule de visiteurs semble bien être identique au public habituel, mais elle est encore plus nombreuse. De nombreux crânes sont couverts de cheveux gris ou blancs. Il y aussi des jeunes. Dans la queue, on parle allemand, tchèque ou d'autres langues, avec et sans accent. Un flair de métropole comme il se doit, lequel continue à me rendre heureux des années après la fuite de mon village du sud-ouest de la France.

Je monte maintenant l'escalier qui mène aux salles d'honneur. Le contraste avec la vue extérieure est frappant. Les boiseries sombres sont un fond idéal pour les surfaces et meubles rouge écarlate et moutarde fluo, tous des originaux créés exclusivement pour cet immeuble dans le style de la fin des années soixante-dix.

Passant devant le bar encore inoccupé je pénètre dans l'auditorium et choisis l'une des dernières places libres en bout de rangée. Une demi-heure avant le début de la rencontre la pièce est à moitié pleine. Je n'avais pas encore vu cela. Je jette un œil aux murs en bois rouge et me dit « *Pourvu que ce soit classé !*[9] »

Pour l'ouverture officielle de la rencontre la dernière place est occupée, tous les sièges de toute façon et jusqu'aux endroits les plus inconfortables des escaliers. Dans cette enclave extraterritoriale le contrôle technique n'a pas droit de cité.

On annonce l'actrice Ute Kannenberg et l'acteur Manfred Eisner, le metteur en scène oscarisé Jiří Menzel, le Independent Jazz Quartet Berlin et le saxophoniste Rolf Römer. Comme par hasard, le vibraphoniste Oli Bott est aussi de la partie. Les fidèles visiteurs de cette maison connaissent tous ces artistes et se réjouissent à l'avance.

---

9 *Voilà qui est fait pour l'ensemble du bâtiment (février 2018)*

Auditorium de l'Ambassade de la République Tchèque en Allemagne, Berlin, Janvier 2018

J'ai pu apprécier Manfred Eisner et tous les musiciens présents, à l'exception d'un jeune trompettiste, il y a peu à la Literatur-Haus Berlin. A l'occasion de la rencontre en hommage au dramaturge et homme politique Václav Havel pour son soixante-dix-huitième anniversaire, le tout au beau milieu de l'exposition *« Bohumil Hrabal – Collection de brutalités* [10] *»*. Si le monde est petit, la culture tchèque, elle, est immense, quoique parfois un peu brute.

Arrivés là, il ne nous manque plus qu'un exemple d'écrivain exilé célèbre, disons… le néofrançais Milan Kundera. Et nous aurions ainsi évoqués les trois itinéraires possibles pour les écrivains et autres intellectuels à l'époque de la Tchécoslovaquie communiste, de manière très simplifiée, il va de soi : la fuite à l'étranger à la Kundera, la résistance ouverte d'un Havel, le compromis (pourri ?) avec la dictature façon Hrabal.

Se taire ou mourir étaient, et ce pas seulement du point de vue égoïste des lecteurs, les plus mauvaises alternatives.

---

10 *On pourrait aussi traduire par « saletés »*

Jusqu'à ce jour, je n'avais lu de Hrabal qu'un petit livre plutôt méconnu, « *Le chat Autischko* », une déclaration d'amour à la fois passionnée et un brin baroque à la vie et bien sûr aux chats.

Ce livre, acheté dans une librairie du centre de Prague, est plein d'humour et néanmoins assez bizarre. Ainsi, le grand ami des chats s'avère aussi être un tueur en série antichat, tout cela par amour, bien entendu.

L'auteur est terrorisé par une gitane, qui lui a prédit sa mort par pendaison suicidaire dans un arbre bien précis du jardin de sa datcha bienaimée. Là-dessus, il taille l'arbuste souffreteux si radicalement que celui-ci, conformément au savoir éprouvé des jardiniers, a bien peu de chance de voir le prochain printemps. Et voilà que l'arbre pousse, pousse et embellit de jour en jour ! Hrabal ne s'est pas pendu.

Les opinions divergent au sujet de sa mort, volontairement choisie ou pas, un mystère qui a bien peu de chances d'être élucidé un jour. Seule certitude : sa prédiction concernant une « *quatrième défenestration pragoise* » s'est révélée être exacte.

Mon impression générale après cette première lecture du Maître était assez mitigée et je n'aurais pas cru tenir de sitôt une autre de ses œuvres entre mes mains. Mais, après cette soirée du 2 décembre 2014, tout était différent. Dès le lendemain, je me précipitais dans la première librairie pour acheter le chef-d'œuvre (« *Moi qui ai servi le roi d'Angleterre* ») et l'ai avalé d'un seul coup, d'un seul.

Ute Kannenberg et Manfred Eisner avaient judicieusement choisi des extraits éveillant l'appétit du lecteur. Maintenant, je comprends mieux la discussion qui a suivi entre le cameraman Štěpán Benda et Jiří Menzel, le metteur en scène qui a adapté au cinéma ce livre et bien d'autres de Hrabal. Il faut absolument que je vois le film ! [11]

Selon J. Menzel : « *Les lecteurs sont en général plus rusés que les spectateurs au cinéma. C'est pourquoi les livres doivent*

---

11 *Merci Matthias ! Très belle adaptation du livre.*

être fortement simplifiés afin d'être filmés. » Le fait est que, si tous les détails de ce livre avaient été mis en images, la version soviétique de Guerre et Paix ferait, en comparaison, l'effet d'un court-métrage.

A la fin de la soirée, je rentrais dans ma banlieue en métro. Je me trouvais dans une ambiance *bohémo-euphorisante*. Pourtant, je n'avais rien bu d'autre que des mots. Et je me demandais comment j'avais bien pu en arriver là.

Dans ma jeunesse, dans un pays étranger non-socialiste, la Tchécoslovaquie existait tout au plus en cours d'histoire, autant dire pas du tout. Ma famille avait quand même, sans obligation aucune, une haute opinion de trois pays de l'est. Tout en haut de la liste se trouvait la Pologne, vraisemblablement à la suite d'un préjugé positif qui avait fini par se transformer en vérité [12].

La Yougoslavie, qui pour nous, citoyens de l'Extrême-Occident, faisait partie du bloc oriental, occupait une place toute particulière. Mon grand-père paternel Gaston en avait, bien involontairement, fait la connaissance comme brancardier pendant la première guerre mondiale à laquelle il avait survécu plus mort que vif. Il ne parlait jamais de la guerre, mais il était intarissable sur les gens et coutumes des Balkans qui l'avaient profondément impressionné.

C'est ainsi que nous prîmes la route en direction du sud-est depuis Cognac à Pâques 1970 et découvrîmes le nord du pays (aujourd'hui la Slovénie et la Croatie) sous une bonne couche de neige. La beauté des rudes paysages, sur la côte comme à l'intérieur des terres, et l'hospitalité extrême des habitants – Gaston l'avait bien dit ! - nous avaient plu, malgré les éclatantes difficultés de communication. Nous étions revenus en tant que touristes estivants.

A l'est, l'Union Soviétique, l'URSS, régnait en maître. Elle faisait partie des puissances victorieuses incontestées de la

---

12 Voir : « Rendez-vous mit Polską », fonduja, 2014 (allemand)

dernière grande boucherie. Certains Français rêvent encore aujourd'hui d'un tel statut... Et, s'agissant de propagande, l'URSS ne donnait pas dans la dentelle. Mes parents étaient membres volontaires et comblés de l'Association France-URSS et nous, les enfants, étions toujours de la partie. Cette association avait pour objectif déclaré l'approfondissement de l'amitié éternelle entre deux Grandes Nations.

En fait, la direction française de l'association était loin d'être fidèle ou même simplement tolérante vis-à-vis du régime soviétique. Le meilleur exemple de ce point de vue différencié était peut-être celui de l'actrice Marina Vlady, très célèbre en URSS, ne serait-ce qu'en raison de sa liaison avec la légende (alors vivante) Vladimir Vyssotski.

Nous recevions tous les mois une revue colorée dans laquelle les nombreux exploits de l'URSS étaient décrits de long en large. La culture n'était pas en reste. Dans chaque édition se trouvait une courte nouvelle issue d'une république fédérale socialiste et souveraine au nom imprononçable située quelque part dans le Caucase ou en Sibérie. L'exotisme à l'état pur !

Et peut-être une sorte de contrepoids à l'exotisme à la française : à la suite de son histoire coloniale la France est aujourd'hui encore (de façon modeste, certes) présente sur toute la planète. Pour moi, l'URSS était la plus grande tâche blanche sur la mappemonde.

Ce qui est certain, c'est que nous n'avons pas raté un seul des spectacles de groupes folkloriques de l'Empire au théâtre de Cognac. Ces représentations, qui faisaient salle comble, avaient lieu une fois l'an. Ce qui était à priori plutôt optimiste étant donnée la taille de la ville. Le succès durable des festivals folkloriques régionaux de Confolens, Montbron..., dont nous étions aussi des habitués, tend à prouver le contraire.

La collection de disques de mes parents comprenait de nombreux enregistrements des labels *Melodija* et *Le Chant du Monde*. Comme beaucoup de gamins de mon âge, je lisais avec beaucoup de plaisir *Pif Gadget*, alors hebdomadaire. Et ne savais évidemment pas qu'il était édité par les Communistes.

Peut-être est-ce la raison pour laquelle, alors qu'à l'âge de dix-sept printemps, on m'offrit le choix d'aller où je voudrais, je partis découvrir Leningrad, Moscou et Kiev [13]. A l'école, personne ne comprenait ma décision. Car enfin, j'aurais pu aller aux États-Unis… Le seul élève qui avait accepté mon choix était prêt à me casser la gueule après mon retour à la suite d'un article à ce sujet dans le journal de l'école qu'il jugeait irrespectueux. Ce paquet de muscles et fils d'un viticulteur communiste, une espèce alors fort répandue dans la région et facilement reconnaissable à leur Mercedes, était drôlement remonté.

Après une longue discussion, il finit par accepter l'idée que les ornières des rues de Leningrad, dont j'avais parlé, étaient le résultat de la froidure des hivers et non pas la preuve des faiblesses du système. Comme j'aimerais aujourd'hui inviter ce dernier à faire un tour dans la région de Berlin pour jeter un œil critique sur l'état des routes au printemps…

A propos de Berlin : il aura fallu que je vienne habiter ici pour que je prenne enfin conscience de l'existence de ce pays voisin, situé au sud et en forme de tortue regardant vers l'est. Bien sûr, j'avais lu avec plaisir et même admiré Kafka, Kundera et les histoires du brave soldat Schwejk depuis longtemps. Mais c'en était resté là. Le premier était un Juif germanophone assez déprimant, le second un Français surdoué d'origine morave, le troisième un antimilitariste affreusement sympathique [14].

En ce qui concerne Dvořák (nous disions Dvorak), Janáček et Smetana, ils faisaient partie de l'inventaire au même titre que Grieg, Bartók ou Granados.

---

13 Voir « Tempête de neige sur la Place Rouge », in : « 20 ans en Prusse », Rhombos Verlag, Berlin, 2007
14 L'adaptation théâtrale polyglotte et déjantée « Kauza Schwejk – Der Fall Švejk », vue au Ballhaus Ost à Berlin en juin 2016, n'a laissé aucun doute sur l'actualité de cette œuvre.

Jusqu'à nos jours, on continue en France d'appeler le plus célèbre morceau de Smetana *la Moldau*, nommé d'après le nom allemand du plus grand fleuve tchèque. Les noms allemands de lieux comme Marienbad ou Karlsbad sont aussi plus connus que la version tchèque, laquelle est souvent plus récente… et compliquée. Il semble que l'histoire germanophone du pays, qu'il s'agisse de l'époque austro-hongroise ou de la deuxième guerre mondiale, ait durablement fait de l'ombre à l'histoire tchèque proprement dite.

Au début du vingtième siècle, la contribution tchécoslovaque à la culture française a été considérable. Mais la Bohème, la *vie de bohème* ou Alfons Mucha ont eu un tel succès qu'ils finirent par être considérés comme typiquement français et ce, pas seulement en France.

Pour ma belle-famille allemande, Prague occupe depuis toujours une place bien ancrée dans la réalité. Leur perception de la Yougoslavie, pays de vacances très prisé, était également positive. On ne parlait de la Pologne ou de l'URSS que lorsque cela était vraiment nécessaire. C'est-à-dire pas souvent.

Ma future femme a accompagné ses parents à Prague dans les années soixante-dix. Son père a vécu une expérience très personnelle dans cette ville qu'il a gardé en bon souvenir, raison pour laquelle il voulait absolument faire connaître celle-ci à sa famille.

Quarante ans après son séjour de près de deux ans, du 5 mars 1943 au 28 février 1945, dans le cadre du programme d'évacuation des enfants des grandes villes allemandes pour les éloigner des bombardements, il a raconté cette aventure dans un court texte.

Cette expérience très prenante et souvent épouvante l'a marqué pour la vie. D'une manière générale, il accepta le comportement de la direction du camp tel qu'il était. Apprendre à critiquer ne faisait pas partie du programme éducatif pratiqué sur place.

En conséquence, il ne mentionne à aucun moment l'occupation du pays par les troupes nazies. Prague était une ville allemande. Il semble bien que les Tchèques n'aient pas existé. Dans ces circonstances, sa passion tenace pour la ville est d'autant plus étonnante.

Ou bien Gerhard ne fait-il que courir après son enfance ? Il ne serait pas le seul dans ce cas et moi bien le dernier à vouloir le lui reprocher.

Contrairement à une opinion très répandue, la Tchécoslovaquie a laissé des traces à Cognac… et ce, avant d'exister vraiment !

A l'angle du boulevard Denfert-Rochereau et de la rue Gaudonne, Cognac, Août 2017

Gerhard à Prague [15]

En 1940, je suis allé rejoindre les Pimpf. On appelait ainsi la Jeunesse Allemande, une organisation fortement politisée, à savoir la partie des Jeunesses Hitlériennes qui accueillait les enfants de dix à quatorze ans [16]. Fort de notre ignorance, nous étions tout fiers de nous montrer dans notre premier uniforme qui nous rapproche des adultes.

Les journées et soirées passés à la Jeunesse Allemande étaient drôlement passionnantes. Il y avait des jeux, des cours, des exercices en plein air et de la formation paramilitaire. Bien sûr, tout cela dans le but de contrôler la jeunesse et de l'utiliser à des fins politique et pour faire la guerre.

Les choses étaient tellement bien faites que tous les enfants se laissèrent enrôler sans s'en rendre compte pour les objectifs du troisième Reich. La jeunesse se passionnait pour les films qu'on lui montrait. Par exemple « Kopf hoch, Johannes ! [17]» et d'autres films au contenu tout aussi tendancieux. Tout cela m'impressionnait tellement que, au grand dam de ma mère, je me portais volontaire pour aller dans un camp du programme d'évacuation des enfants.

Avant mon départ se passa quelque chose d'imprévu dans la famille, à savoir que mon père fut incorporé en 1942, ce qui signifiait qu'il serait longtemps éloigné de nous. Ce n'était pas facile pour ma mère. A cela s'ajoutait mon inscription volontaire pour ledit camp. Je m'y rendis le 5 mars 1943.

---

15 *Extrait de « Scènes de vie - jeunesse et travail », 1984, inédit*
16 *Ce nom était réservé à la première année de cette organisation, la Jeunesse Allemande. L'adhésion était obligatoire depuis 1939.*
17 *Ce film fait toujours partie de la quarantaine de films de propagande nazie dont la diffusion est limitée en Allemagne.*

Le fait que mon père doive quitter la maison pour aller faire la guerre était, autant que je m'en souvienne, une expérience douloureuse. La certitude qu'il y a la guerre et que le père ou le mari pourrait ne pas revenir faisait mal. Au début, il fut stationné en France.

Mon but personnel était la Tchécoslovaquie. Dans les environs de Prague. Le lieu s'appelait Klanowitz [18]. Nous étions environ soixante-dix garçons, écoliers ou Pimpf, appelez ça comme vous voulez. Tous nommaient le camp « Klanowitz près de Prague ».

Gerhard Rummel
Au premier rang : le deuxième en partant de la gauche,
Klanowitz, 1943 (auteur inconnu)

─────────────────

18 Aujourd'hui: Klanovice

L'ordre militaire absolu était la règle. Ceux qui étaient habitués à l'ordre chez eux n'avaient pas de problème, mais il y avait pas mal de jeunes pour lesquels c'était vraiment dur. Souvent, cela atteignait le pur sadisme. C'est à peine croyable, mais l'éducation vexatoire était si violente qu'elle devait nous marquer pour la vie.

Cependant, l'éducation sous la devise « ordre, travail, sens de la famille, correction, force de caractère et attitude ferme en toute occasion » était un enrichissement définitif pour tout un chacun. Mais tous ces aspects positifs ne doivent pas faire oublier les très nombreux mauvais côtés de cette formation.

Les enfants ne devaient compter que sur eux pendant deux ans et ne pouvaient trouver aucun réconfort auprès de leurs parents. Ça renforçait le caractère, mais cela rendait aussi très, très seul.

Le déroulement des activités, pendant une période de cent quatre semaines au total, peut être décrit comme suit. Réveil le matin à six heures. Comme nous étions six hommes dans la chambre, se laver, s'habiller, faire les lits, le tout en trois quarts d'heure et avec un seul évier, n'était pas une partie de plaisir.

A sept heures pile, on se rendait à la salle du petit-déjeuner, bien sûr en formation. Pour le petit-déjeuner, la plupart du temps on nous servait deux tranches de pain et une assiette de soupe. Après, nous recevions des tartines et à sept heures trente nous allions au pas à l'école. Les cours étaient comme à Berlin, sauf que nous n'avions pas d'instruction religieuse. Nous avions d'autant plus de sport et d'exercices de marche. Vers douze-treize heures, l'école était finie et nous rentrions, toujours en formation, au camp qui se trouvait à l'écart du village abritant l'école.

Une fois arrivé, on se lavait soigneusement avant de rejoindre, toujours au pas, la cantine. Le déjeuner ne répondait pas toujours aux attentes de jeunes ados. Par exemple on nous donnait des pommes de terre avariées avec de la sauce tomate, un plat que nous appelions bleu-rouge en raison des tâches sur les patates. Le vendredi, avec un peu de chance, il y avait des spécialités sucrées tchèques : Buchtel, fourrées à la mousse de prunes, Quarknoken avec du pavot et du beurre, ou des crêpes.

Avant le repas, il nous fallait longuement écouter en silence un sermon politique ou un poème suivi d'explications et c'est seulement après cela que les soixante-dix bouches affamées étaient autorisées à se jeter sur la nourriture.

Tout ce cinéma à table était vraisemblablement dû à la grande peur qui régnait parmi nous de ne pas en avoir autant que les autres. C'est pourquoi la distribution des plats était strictement contrôlée. Là où il n'y avait plus rien à distribuer on mettait un panneau destiné à nous retenir d'en redemander.

Après le repas, on se rendait dans les chambres pour une heure de pause obligatoire. Pendant la sieste tout le monde devait dormir, ce qui, dans une chambrée de six, n'arrivait jamais.

A deux heures, on se levait et on faisait les devoirs. Personne n'était là pour nous surveiller. Dans le même temps, on attendait de nous du bon travail et des résultats sans faute. Toute la formation reposait sur le travail en solitaire. Ce qui ne se passait pas sans difficulté. La plupart des enfants ont fini par y arriver en faisant beaucoup d'efforts.

J'aimerais raconter quelque chose sur le sadisme. Ce genre de traitement commençait parfois dès le matin de bonne heure. Quand il n'y avait pas d'eau courante, comme par exemple le 18 mars 1943, nous devions courir en tenue légère par deux degrés à deux kilomètres de là jusqu'à la pompe et nettoyer nos corps échauffés par la course avec l'eau froide.

Ensuite nous rentrions au camp au pas de course. Bien sûr, il n'y avait pas d'alternative, mais cette première activité de la journée était loin de nous plaire. Juste après, nous avions droit au contrôle des chambres marqué par une hygiène fanatique.

Un autre souvenir désagréable est celui des punitions comme les pompes et les génuflexions sur la pointe des pieds et avec les mains en l'air. Cette punition était donnée, par exemple à ceux qui parlaient pendant le déjeuner ou la sieste. Pour alourdir la punition on rajoutait des aiguilles sous les talons.

L'après-midi était consacré aux devoirs et de temps en temps on avait quartier libre. Le temps libre se passait en général dans la forêt en courant comme des fous. Grâce à cela, nous avions une très bonne condition. Certains après-midis étaient réservés à la marche, aux exercices sur le terrain et à l'instruction militaire.

Deux fois par an, on s'exerçait au grand nettoyage. A cette occasion, on faisait des efforts immenses et insensés. Les portes et fenêtres, les armoires et les lits, tout ce qui était amovible était démonté, apporté dans la cour et nettoyé à grande eau. Le tout durait au moins cinq heures.

Notre chef de camp, un sexagénaire, éprouvait une grande joie une fois le travail fait. Le chef d'équipe, âgé de dix-neuf ans, qui devait lui aussi bientôt partir au combat, avait le commandement sur tous les enfants. C'était lui qui appréciait les ordres sévères et leur exécution.

Mais il y avait aussi de bons moments comme les belles excursions à Mělník, Prague, Brandeis sur l'Elbe et bien d'autres.

Ainsi, ceux qui ne savaient pas nager pouvaient s'inscrire au cours de natation à Prague. Avant de partir, il fallait passer un petit test qui se déroulait comme suit : retenir son souffle, en trichant un peu, puis quelques exercices pour le cœur et les poumons. Quand on avait réussi, on avait le droit de suivre les cours pendant six semaines à Prague. Et bien sûr tous voulaient y aller parce qu'alors on n'avait pratiquement pas école pendant toute cette durée.

Le but déclaré était de faire des nageurs des non nageurs et de bons nageurs de ceux qui savaient déjà nager. Nous étions hébergés près de la gare centrale dans un hôtel luxueux qui s'appelait Imka. Il avait environ soixante-dix chambres et cent lits. Pour quelques trente-cinq garçons ces six semaines étaient un grand moment de joie. Le dimanche et les après-midis étaient si beaux que l'on ne peut les oublier.

Tous ceux qui étaient restés au camp avaient pris un peu d'avance à l'école, mais ils étaient très jaloux de notre expérience. Mais, comme toujours, ce bon moment pris fin. Le quotidien nous rattrapa et nous fûmes réintégrés dans le rang.

Bientôt, six mois avaient passé et notre formation avait fait de grands progrès. En sport, à l'école, sur le terrain, exercices et instruction militaire, politique et formation générale, sans oublier les bonnes manières à table, l'ordre, la camaraderie et la propreté. L'ordre, dans la mesure où chacun réparait ses affaires lui-même et ce, de telle manière qu'on pouvait dire sans hésiter qu'il n'y avait pas de meilleure formation prémilitaire possible.

Mais, avec le temps, vint le mal du pays. Bien sûr, nous ne nous sommes pas mis à pleurnicher, mais le désir de revoir les parents, la patrie et les amis restés sur place était grand. Mais cela n'était possible que pour ceux qui avaient des proches dans une zone non bombardée. Comme ce n'était pas le cas pour moi, je ne pouvais pas me rendre à Berlin.

Pour cette raison, certains garçons quittaient le camp prématurément. De manière légale ou non, légale après renvoi dans une zone non menacée, ou illégale à la suite d'une fugue. Certains réussissaient, d'autres étaient repris et ramenés au camp trois ou quatre jours plus tard.

Dans mon cas, le père vint après neuf mois, pendant un congé, me rendre visite à Klanowitz avec ma mère. Cela se passa tout juste pour Noël 1943. Nous passâmes cette fête ensemble avec les camarades du camp. Le moment des adieux fut très dur, car le séjour à Prague devait se prolonger. En tout deux ans.

Après un an, il ne restait que trente des soixante-dix garçons. Ce nombre était insuffisant pour justifier l'entretien d'un camp et le coût qui en résultait. C'est pourquoi, le 10 mars 1944, nous fûmes transférés dans un autre lieu.

Le village s'appelait Wschestud [19] près de Prague. Klanowitz se trouvait à vingt kilomètres à l'est, le nouvel endroit à trente kilomètres au nord [20] de Prague. Comme notre éducation était très militaire et exacte, nous marchâmes avec le reste du groupe, l'uniforme étrillé et avec nos sacs à dos, jusqu'au nouveau camp.

Là-bas, se trouvaient quarante garçons. Pendant que nous entrions dans le camp ceux-ci nous observaient depuis les fenêtres avec scepticisme. C'est que ce que nous découvrîmes sur place était vraiment un sacré bazar. Pratiquement ni ordre, ni propreté ou discipline. Nous avions un mauvais pressentiment.

Comme nous avions deux chefs de camp, notre chef de Klanowitz nous quitta avec les larmes aux yeux. Il vint aussi un nouveau chef d'équipe. Le chef de camp me nomma chef de section, j'étais responsable de la moitié des garçons et recevait dorénavant trente Reichsmark par mois. Ensuite, nous nous regroupâmes pour former une nouvelle équipe.

Quatre semaines plus tard tout était à nouveau comme dans l'ancien camp : ordre, propreté, discipline etc. Les environs du nouveau camp étaient plus beaux. Il se trouvait à un bon kilomètre de la Vltava, parmi de magnifiques jardins à houblon, eux-mêmes entourés de belles forêts.

Le camp s'appelait Rote Mühle [21]. Un affluent de la Vltava alimentait le moulin. On pouvait rejoindre le village de Wschestud en barque. A cinq cents mètres de là se trouvaient des oubliettes du seizième siècle. Et à environ deux kilomètres un petit château [22] du dix-huitième.

Cela faisait un endroit idéal pour le temps libre et le sport. De l'autre côté de la Vltava, qui coulait très vite, le terrain était très vallonné. Nous y passions beaucoup de temps. Mais le plus

---

19 Aujourd'hui : Všestudy
20 En réalité, c'est le contraire.
21 Aujourd'hui : Veltrusy-Červený mlýn
22 Le Château de Veltrusy

beau, c'était de nager avec le courant dans la Vltava en été. Ce n'était pas sans danger, mais qui pense à cela sur le moment ?

Entre-temps mon père était en Russie et les temps étaient très durs pour lui. Car, bien qu'il fût conducteur de camion, il fut envoyé pendant six semaines en première ligne, « dans la tombe », comme on disait alors. Il ne pouvait pas venir me voir.

En 1944, ma mère me rendit visite et je lui montrais ce que j'ai décrit plus haut. L'hiver 1944-1945 était plutôt froid et il y avait beaucoup de neige. Comme dans l'autre camp, je continuais à apprendre un peu à skier, à sauter à skis et à faire du ski de fond. Tout cela sur les mêmes planches.

On patinait avec assiduité sur le petit fleuve et sur l'étang du village. Nous jouions aussi au hockey sur glace et allions à la pêche. Car la glace était très bien prise, c'est à dire qu'elle était solide et épaisse. Dans cette glace claire nous creusions des trous, posions des collets et attrapions ainsi de magnifiques gardons.

Tout cela ressemble à un jeu continuel, mais ce n'était pas le cas. Ainsi, par exemple, nous devions faire des exercices sur le terrain par moins quinze. Certains d'entre eux étaient terribles : défiler, ramper, se coucher sur le sol et s'approcher furtivement d'un but dans une épaisse couche de neige ou de boue.

Après une heure ou deux la manœuvre s'arrêtait et on rentrait en marche forcée au camp. Ça allait encore si cela se passait l'après-midi, mais malheureusement on remettait ça souvent tard le soir et dans la nuit.

Malgré tous les moments difficiles, nous restions des enfants. Pendant la sieste, qui aurait dû être consacrée au repos, nous bricolions de splendides carabines Manchester dans les planches, qui nous servaient de sommier sous nos sacs de pailles, et en utilisant un modèle. L'un d'entre nous savait très bien dessiner. Tout le monde l'adorait, car il nous faisait aussi des cartes d'identité « Wild West ». Ainsi équipés, nous par-

tions dans les bois et jouions à notre fantaisie les plus beaux jeux qui soient.

1944 fut pour moi un peu plus sérieux en raison de mes responsabilités particulières. On appréciait ma manière de commander jusqu'au jour où, je ne sais plus pourquoi, on se plaint de moi. Je renonçais à la fonction de chef de section et repris ma place dans l'équipe. Je crois que c'était à la fin de l'année 1944.

Ensuite, il y eu un hiver très sévère et nous nous réjouissions à l'idée de reprendre les activités hivernales. Mais le temps ne s'était évidemment pas arrêté en cette période de guerre.

Mon père se retrouva en Finlande en 1944, plus précisément en Carélie du nord. Bien sûr, ce n'était pas de la tarte, mais il allait un peu mieux. J'étais toujours en contact par courrier avec mes parents, mais cela ne peut pas remplacer complètement une famille. Mon père avait très peur, car du point de vue politique, l'Allemagne n'était déjà plus qu'un tas de ruines.

C'est le moment qu'avait choisi un chef de camp pour m'envoyer dans une école nazie. Bien sûr, il m'avait tout à fait convaincu.

Mon père suivait cela grâce à mes lettres depuis la Finlande et se faisait énormément de soucis à mon sujet. Il essayait de me faire comprendre que ce n'était pas la meilleure manière de préparer mon avenir professionnel. J'avais tout juste quatorze ans et j'étais tout feu, tout flamme pour mon idée. Mais on commençait à comprendre que le vent avait tourné.

Nous recevions des lettres du front envoyés par d'autres pères. Malgré la très forte propagande faite par nos chefs au sujet de la victoire finale, le mécontentement grandissait parmi nous.

Nous étions surpris par la retraite inexorable et le bombardement continuel de nos villes allemandes. Après, tout alla très vite. C'était le mois de janvier 1945. Un conseiller scolaire vint nous voir et contrôler nos compétences afin de nous renvoyer à Berlin. Mon souhait était de devenir mécanicien de précision, ce qui me fut accordé.

Le camp fut dissous le 28 février 1945. La direction du camp disparu sans tambour ni trompette et on nous abandonna à notre sort dans un camp de rassemblement à Prague. Nous devions rentrer en Allemagne par le train sans aucun encadrement.

A ce moment-là prendre le train n'était pas chose facile, car la Wehrmacht réquisitionnait tous les convois disponibles. Ça finit par marcher, mais le voyage dura trois jours et trois nuits, à la suite des très nombreuses interruptions liées aux bombardements aériens. En route des infirmières de la Croix-Rouge nous donnèrent des rations d'urgence, avant tout de la soupe. Pour nous, malgré les privations, c'était une expérience formidable.

Arrivés à Berlin, personne n'était au courant de notre retour. Nous n'avions pas eu le temps d'informer nos proches. Chargé de tout ce que j'avais amassé en deux ans, un bagage comprenant sac-à-dos, valise, deux cartons et une paire de skis, je rejoins à pieds notre logement depuis la gare.

Lorsque ma mère ouvrit la porte et vis son fils, qui n'avait presque pas grandi en deux ans, elle se réjouit beaucoup. Elle avait attendu un jeune homme de quatorze ans et demi et faisant un mètre soixante-dix. En réalité, je ne mesurais qu'un mètre cinquante-deux, une situation qui ne changerait pas de sitôt.

Gerhard Rummel

Découverte commune de l'Europe centrale

Lorsque ma femme et moi convolèrent en justes noces en 1990 (le 7 juin) une chose fut vite sûre : notre voyage de noces nous emmènerait à l'est ! (qui, dans le cas présent, se trouvait être au sud). En passant par la Saxe et Prague, nous nous rendîmes jusqu'au fin fond de la Puszta – et retour, chargés de vin de Tokay, d'assiettes en céramique, de verres à pieds et de mille autres trésors.

De ce voyage n'existe pas la moindre photo, car notre appareil avait rendu l'âme dans la Suisse Saxonne et nous n'en achetâmes pas d'autre. Les souvenirs n'en ont pas souffert, bien au contraire.

Lors de cette première visite de Prague (pour moi), nous vécûmes la dernière phase d'un évènement historique qui avait commencé (pour nous) en novembre de l'an passé avec la chute du mur à Berlin. Et venait de se concrétiser par les premières élections libres en Tchécoslovaquie depuis des décennies (8 et 9 juin). On pouvait dans l'air toucher des particules de joie insouciante. Je ne crois pas atteindre un âge assez avancé pour pouvoir à nouveau vivre quoique ce soit de comparable. Mais je n'aurais rien contre !

Comme chaque année des millions de gens de toute la planète, nous sommes tombés amoureux de la ville de Prague et, ce qui est peut-être un peu moins commun, en même temps de toutes les Bohèmes et de la Moravie.

Après quelques visites en coup de vent de la capitale et en plein milieu de vacances en Europe centrale, une première *« Petite histoire pragoise »* fit son apparition à la pointe de mon stylo, sans prévenir, sur la plage de Strunjan. Juste comme ça. Et la voici :

Première petite histoire pragoise :
Carnet d'une disparue [23]

Tout d'abord, il me faut bien reconnaître, une fois n'est pas coutume, que j'ai bien de la chance. De la chance, car j'ai vu « *Praha* », Prague, la *ville d'or*, comme disent les germanophones, et même que je l'ai vue plusieurs fois.

La première fois reste inoubliable, car irréelle, juste à la fin du printemps de la *révolution de velours*, à la mi-juin 1990, plus précisément, pour ceux qui ont déjà tout oublié.

Ambiance indescriptible, les rues pleines de musique, de *Bohemia Sekt*, le champagne local, et d'un optimisme qui avait mis bien longtemps à gagner la partie *(ceux qui ne voient pas de quoi il est question sont priés de lever la main !)*. Je vous l'avais bien dit que c'était indescriptible…

Nous logions, ma femme et moi, quelque part, dans une banlieue grise pleine de villas aux murs écaillés, dans un appartement rempli de meubles bancales en formica de l'est (le même qu'à l'ouest), qui avaient connu les vibrations des chars soviétiques.

On prenait le tramway pour rejoindre le centre-ville entièrement délabré, aux murs sombres couverts de salpêtre, soutenus par des échafaudages en bois provisoires. Provisoires ? Dans les ruelles étroites, (Avouez que vous attendiez là quelque chose comme « *et qui résonnaient encore des pas de Kafka, Rilke et Werfel…* ». Eh bien, c'est raté.), les poutres et les planches formaient une espèce de galerie au-dessus des têtes, en tous cas aussi longtemps que les deux façades et le bois vermoulu jouaient le jeu.

Depuis cette première visite consacrée aux principales curiosités alors visitables, j'ai eu plusieurs fois l'occasion de suivre la

---

23 *Première publication : « 20 ans en Prusse », Rhombos Verlag, Berlin, 2007, en hommage à… Leoš Janáček*

fulgurante transformation de la capitale tchèque. La rénovation complète et exagérée de son centre historique, processus frénétique à la limite de la disneylandisation, avec son cortège de laids comptoirs de change, son internationalisation à outrance et surtout la honteuse expulsion économique de l'immense majorité de la population tchèque au profit des hordes venues d'ailleurs plus friqués.

Au bout de quelques années, nous commencions à nous sentir déplacés dans les anciennes résidences universitaires de banlieue et avions épuisé les charmes - pourtant nombreux ! - du métro supersonique installé par le Big Brother slave, surtout connu pour être l'un des plus grands abris antiatomiques de la planète. Au gré des visites, seuls ou accompagnés de parents ou amis, nous nous sommes peu à peu rapprochés du centre-ville pour l'hébergement, tout en visitant chaque fois de nouveaux quartiers plus excentrés tel celui de Vyšehrad, sa falaise romantique et ses tombes illustres, couvertes de roses musicales.

Un jour, à la fin des années 90, je découvris au creux d'une vague sur Internet une *cyberagence de Bed & breakfast* et c'est ainsi que nous fîmes la connaissance de l'étonnante Mme Šoulova, l'une des très nombreuses Pragoises qui, en se proposant d'héberger les envahisseurs, comptaient bien, dans un avenir proche, goûter elles aussi aux douceurs de la mondialisation.

Arrivés par le train de Berlin, vous savez l'express panoramique, qui laisse pas mal de temps aux voyageurs ébahis pour admirer le paysage, en particulier les interminables usines chimiques de Děčín [24], nous sommes descendus à la gare centrale et avons pris le métro jusqu'à la station *Florenc*.

Nous étions quatre. Barbara et Peter, des amis berlinois n'ayant jamais franchi l'ancien rideau de fer pour raison professionnelle, n'avaient pas résisté à nos évocations élogieuses de la plus belle des capitales. Et par cette chaude nuit estivale, nous traînions nos valises sur les pavés de la vieille ville, en route pour notre b&b.

---

24 *Cette ville sur les bords de l'Elbe a bien d'autres charmes !*

La description en anglais envoyée par email était courte, mais suffisante : pas de doute, le Na Paříčí 17, ce devait être ce bâtiment, qui occupait fièrement tout un pan de la place, en face d'une tour de l'ancien mur de fortification de la vieille ville. Dans la quasi obscurité, il était assez impressionnant, ce qui ne l'empêchait pas d'émaner une forte nostalgie et même l'odeur d'un passé plus riche, austro-hongrois ? (*k. u. k.* pour les intimes), tchécoslovaque de l'entre-deux guerres ?

La sonnette semblait marcher, mais personne ne se manifestait. La porte cochère en bois était entrouverte. Nous entrâmes et entreprirent de monter au dernier étage, les plus sportifs par l'escalier, les plus fainéants, qui se trouvaient aussi par hasard être les plus gros, par le minuscule ascenseur. Arrivés tout en haut, le même silence nous attendait devant la porte en plastique du logement de Mme Š., porte qui contrastait avec les vieilles portes vitrées des deux autres appartements situés de part et d'autre sur le palier.

Dix minutes plus tard, la porte s'entrouvrit lentement. Mme Š., ni jeune, ni vieille, plus ou moins blonde, en T-shirt et leggings, était si endormie qu'elle était bien surprise de nous voir. Quelques mots suffirent pourtant à éclaircir la situation. Elle nous montra nos chambres, le frigo et toutes sortes de choses disponibles en libre-service dans l'entrée de l'appartement. Nous fixâmes l'heure du petit-déjeuner. Peu après, tout le monde dormait.

Les chambres étaient meublées dans le plus pur style des années soixante-dix, tout en plastique, couleurs éclatantes et capitonné. Le lendemain matin, à l'heure convenue, Mme Š. nous apporta dans la chambre un petit-déjeuner tchèque typique : petits pains blancs fades, café insipide, beurre, pâté de foie et confiture. Autant dire que le ptidège n'est pas ce que je préférais alors en Bohème.

Cette fois-ci, nous habitions vraiment en plein centre, à quelques pas de l'incontournable et non moins magnifique *Place de la vieille ville*. Tant mieux, car aujourd'hui, nous avions un programme terrible, spécial débutant, avec la vieille ville, évidemment, les îles et presqu'îles de *Malá Strana* (le *petit côté*, rigolo non ?), le Hradčany avec château, cathédrale, ruelles étroites…, tout ça à pieds, par trente degrés et uniquement soutenus par l'eau de la vieille source locale : Staropramen.

Comme toujours, il y avait plein de monde et un grand choix d'attrape-touristes. Mais comme toujours aussi dans les hauts lieux touristiques, il suffisait de quitter les sentiers battus pour trouver un petit jardin fleuri, un banc ou un petit bistrot enfumé plein d'autochtones. En plus, à Prague, on tombait alors un peu partout sur des œuvres d'art moderne, si chères aux Mitteleuropéens, de Karlovy Vary à Szeged, de Kraków à Ljubljana. Parmi mes préférés, à Prague, il y avait, à l'époque, au hasard des pelouses et buissons, une bande de gnomes hilares, fainéants et buveurs, tout blanc et avec des chapeaux pointus…

Dans un estaminet aux murs patinés, nous nous régalâmes de viande en sauce et de pommes de terre, avant de poursuivre notre tour. Plus tard, la fatigue venant, nous fîmes quelques achats culturels, littérature locale : tchèque, germano-tchèque et/ou juive, le tout en allemand, copies de vieux verres de Bohème aux formes excentriques.

Parmi ces verres, j'aime beaucoup ceux, qui, remontant au moyen âge et destinés à des goinfres mangeant avec les doigts, sont pourvus de multiples tétons, afin d'éviter aux Frankovka, Svatovavřinecké… et autres délices moraves de finir sur le sol après une malencontreuse glissade graisseuse.

La plupart des vieux verres sont tout simplement verts. Les couleurs vives sont apparues plus tard, avec le fameux cristal, dont la moitié des boutiques regorgent. Leurs facettes soigneusement polies rejoindront un jour le petit chat de porcelaine sur le rebord de la cheminée du salon.

Le soir, nous avons mangé du canard rôti avec du « *chou rouge, chou blanc* », comme le dit en allemand et avec délice le garçon en roulant les r *(« Kraut, rot ; Kraut, weiß »)*.

Retour chez Mme Š. pour un repos bien mérité. Vite endormis, nous sommes réveillés en sursaut vers minuit par une altercation violente dans la partie de l'appartement habitée par Mme Š., puis juste devant notre porte, vitrée, comme souvent dans ce pays. Nous reconnaissons la voix de Mme Š. L'autre voix est une voix d'homme. M. Š. ? Un autre locataire ? La dispute finit, au moins pour nous, comme elle avait commencé, tout d'un coup. Aussitôt rendormis dans nos lits de plastiques, avec la radio en tête, nous fîmes des rêves multicolores.

Chez l'habitante, Prague, mai 1999

Le lendemain à huit heures, pas de petit déjeuner. Nous allâmes voir Barbara et Peter, qui encore fatigués de la marche de la veille, acceptaient volontiers ce sursis imprévu. Vers huit heures trente, un homme que nous ne connaissions pas, M. Š. ?, vint nous annoncer dans ce *global pidgin* qui fait la joie des nostalgiques du *British Empire* et désespère les amoureux de la langue de Shakespeare, que le petit-déjeuner serait prêt d'un instant à l'autre. Et en effet, à neuf heures, nous dégustions nos petits pains fades et notre café sans goût.

Sans rentrer dans le détail de cette deuxième journée consacrée au quartier juif et aux principales rues Art nouveau et *Secese*, toutes proches de ce dernier *(ah, l'hôtel Paříž !)*, je ne vous cacherais pas que le programme culturel et en particulier culinaire n'avait rien à envier à celui de la veille. Rentrés le soir chez Mme Š., nous achetâmes cartes postales, timbres et eau minérale fraîche en inscrivant consciencieusement nos noms et nos dettes dans le cahier prévu à cet effet. De Mme Š. pas la moindre trace. D'ailleurs, il n'y avait jamais personne dans l'appartement, à part la brève apparition lors du petit-déjeuner de ce matin. A propos, nos couverts avaient été apportés dans la cuisine et entassés tel quel à côté de l'évier. Ils y étaient encore.

Nous discutâmes, lûmes un peu, commençâmes à nous poser des questions sur nos hôtes et nous nous endormîmes bientôt, fourbus. Quatre jours de découverte d'une grande ville à pieds, c'est formidable, mais bien pire que de courir le marathon. Vous pouvez me croire sans hésiter : j'ai visité plein de villes et connaît plein de fous qui courent le marathon.

Rêves colorés dans notre grande pièce illuminée par les lumières de la ville. Comme souvent dans ce pays, il n'y avait ni volet, ni rideau susceptible d'empêcher la lumière de pénétrer dans l'appartement. Les Tchèques n'ont rien à cacher. Ils font partie des adorateurs du soleil, secte très répandue dans les contrées situées au nord de l'équateur de l'expresso. Pour la petite histoire, rappelons que cette ligne célèbre, qui sépare les buveurs de café des buveurs d'eau chaude, suit pratiquement la toute nouvelle frontière tchéco-slovaque… avant de rejoindre, à l'est, les méandres peu explorés de l'équateur du moka, aussi appelé équateur du café grec ou turc au choix, c'est du pareil au même. Et il n'y a pas besoin d'être un spécialiste de la question pour savoir que Prague et toute la Bohème est un pays de buveurs d'eau chaude. Étonnant chez des gourmets producteurs et grands amateurs de formidables bières, vins et autres knedlíky…

Mais revenons au café et par la même au petit-déjeuner, au troisième petit-déjeuner chez Mme Š., pour être précis. Ce jour-là, pas de Mme Š., mais ça, on s'en doutait un peu, pas de M. Š. non plus, même à neuf heures. Barbara nous prépara un café à la cuisine, ni meilleur, ni pire que celui servi d'habitude, tandis que les petits pains achetés par Peter dans la boulangerie au pied du bâtiment étaient bien ceux que vantent les poètes des bords de la Vltava depuis l'époque du grand Charles.

En somme, toutes les conditions étaient réunies pour un petit-déjeuner sympa, *gemütlich*, comme disent les voisins du nord, en s'empressant de préciser fièrement que ce mot est intraduisible, sauf que nous ne pouvions plus ignorer nos doutes, ni même étouffer une très vague sensation de culpabilité.

Les hypothèses allaient bon train. L'une privilégiait la piste dite *familiale*, selon laquelle M. Š. aurait assassiné Mme Š. l'avant-veille au soir et se serait enfui hier, après nous avoir servi le petit-déjeuner pour gagner du temps. L'autre, plus originale, dite *la vengeance est un plat qui se mange réchauffé* nous replongeait dans la trop célèbre guerre froide, au milieu d'une intrigue du KGB, nos amis étant, ne l'oublions pas, deux dangereux espions de l'ouest en goguette. Cette deuxième hypothèse permettait de nombreuses variations, dont certaines, hélas confidentielles, nous faisaient oublier sur le champ le goût du café lui-même instantané.

En tous cas, nous étions tous d'accord sur un point troublant : Mme Š., c'était certain, gisait dans son sang depuis trente-trois heures environ – il devait être caillé – tout près d'ici, derrière la porte de son logement, dans l'appartement. Fallait-il appeler la police ? Un médecin ? Informer les services secrets ? Lesquels d'abord ?

La sauce finit par retomber et la sagesse l'emporta. Il fut décidé de laisser le cadavre en paix, si cadavre il y avait, et de se lancer tête baissée dans la troisième et avant-dernière journée de visite de la ville dorée. Aujourd'hui, deux quartiers un peu excentrés étaient au programme : Vinohrady (*vignobles*) qui commence juste derrière le Musée national, au nord de la place

Václav et Žižkov. Deux quartiers alors non touristiques, avec de belles villas Art nouveau, un grand parc, la tour de la télé plantée dans les restes d'un cimetière juif abandonné et bien des choses encore.

Involontairement, nous pensions toujours à Mme Š., et continuions, au hasard des visites, à confronter les dernières hypothèses, à soupeser preuves et soupçons et surtout à planifier dans le détail notre retour et le comportement adéquat face au cadavre, aux cadavres. Après tout, qu'est-ce qui prouvait que M. Š. ne faisait pas lui aussi partie des victimes ? Et si l'assassin nous avait épargné la nuit dernière, pourquoi serait-il aussi généreux, flegmatique, inconséquent... la nuit prochaine ?

A la maison, toujours personne. Barbara frappa à la porte de Mme Š. Pas de réponse. Pas de trace de sang non plus. Chacun prit sa bouteille d'eau minérale au frigo et inscrit son achat dans le cahier. Il fut décidé en dernière minute de boire ensemble une bouteille de *Bohemia Sekt - demi-sec (en anglo-franco-allemand sur l'étiquette - Et dire qu'il y a des gens qui doutent encore de la place de la République Tchèque au cœur de l'Europe)*, afin de chasser les démons.

Nouvelle nuit sereine au 17 Na Paříčí. Chacun dans sa grande chambre illuminée. Depuis la fenêtre au fond à gauche, on voyait, en se penchant un peu, non pas la mer, mais quand même l'une des tours de la ville. On entendait parfois une voiture, quelques touristes plus ou moins éméchés regagnant leurs lits, des habitants qui rentraient à la maison. Des habitants ? Depuis notre arrivée, c'était maintenant notre quatrième soirée, nous n'avions jamais rencontré âme qui vive dans la maison. Cinq étages et peut-être vingt appartements. Un matin, il y avait des ouvriers dans l'entrée, qui construisaient un échafaudage. Des habitants ?

Peut-être que les acteurs de Pragoland, à la suite du rachat de leur société par un groupe français, étaient tous en grève illimitée ? En quarantaine en raison d'une maladie inconnue que l'on voulait cacher aux touristes pour éviter la panique ? Victimes d'un enlèvement collectif par des extra-terrestres passionnés d'art moderne ? Ou bien, ils participaient depuis deux jours à un gigantesque *happening* devant la cathédrale de Vyšehrad ?

Le dernier petit déjeuner de notre séjour fut en tous points identique à celui de la veille : petits pains insipides, café fade (ou bien était-ce le contraire ?).

Nous fîmes nos valises et partîmes profiter de nos dernières heures à Prague. Barbara alla acheter six splendides verres en cristal qu'elle oublierait ensuite sous le siège dans le train pour les récupérer plus tard de manière tout à fait inattendue… Peter se rendit sur le Pont Charles pour y finir son film. Sabine et moi visitâmes le musée historique de la ville de Prague, tout proche et qui présentait, entre autres, une formidable maquette en bois de la ville au dix-huitième siècle et une exposition temporaire très pédagogique sur les fouilles des ruines romaines de Vieux Buda, près de Budapest.

En début d'après-midi, chez Mme Š. et en son absence, chaque couple fit ses comptes, ou plutôt ma femme et Barbara firent les comptes, mirent la somme correspondante sur une petite table à l'entrée de l'appartement avec les clefs et un petit mot. Nous reprîmes le chemin de la gare, en traînant nos valises et nos doutes.

Un an plus tard, ma femme et moi sommes revenus à Prague. Optimistes et un peu curieux, nous avions réservé par email une chambre chez Mme Š… Quand, au bout d'un bon moment, celle-ci, à peine vêtue d'un peignoir, les yeux bouffis, ouvrit la porte de son appartement, une forte odeur d'alcool mal lavé nous accueillit. Dire que, parmi toutes nos hypothèses, nous avions ignoré la plus simple : aujourd'hui, comme alors, Mme Š. était à la fois la victime et l'assassin.

La patrie de Smetana [25]

Depuis notre voyage lunedemielleux dans la Puszta, l'année de la réunification allemande, nous avons traversé plus d'une fois la patrie de Smetana, un peu comme les oiseaux migrateurs, mais à une autre saison : au beau mois de mai ou de septembre, du nord vers le sud et, un beau jour, dans l'autre sens.

Comme vous le savez déjà, nous avons fait connaissance de Vyšehrad et de la Vltava (*Moldau*), c'est le nom des deux premiers poèmes symphoniques et patriotiques de Smetana, dès nos débuts à Prague.

C'est seulement lorsque le monde devint meilleur, en l'an 2000, à l'occasion de l'Année internationale de la culture de la paix des Nations Unies, laquelle a aussi connu la première élection de W. Putin comme président, que nous découvrîmes comme par hasard la plus belle courbe de la Vltava, tout près des frontières autrichienne et allemande, au pied de la Forêt de Bohême *(tchèque : Šumava)*, massif montagneux qui s'élève entre les plaines de l'Elbe et du Danube. Depuis, nous lui sommes restés fidèles.

C'est de la ville de Český Krumlov, pétrie de culture depuis des siècles, dont il est ici question. Au début du troisième millénaire après la naissance du christ, la capitale secrète de la Bohème méridionale était plongée dans les teintes brunes, grises et noires chères à Egon Schiele. La mère de ce peintre visionnaire grand amateur de scandales, Marie, née Soukup, était originaire de « Böhmisch Krumau » ainsi que la ville s'appelait alors. Dans les deux langues, le nom évoque la courbe de la rivière.

Depuis le balcon de la pension Teddy (Roosevelt), notre regard embrassait les toits sombres tordus et sombres de la presqu'île

---

25 *« Ma patrie » (Má vlast) est un cycle de six poèmes symphoniques de Bedřich Smetana.*

sur la droite et le jardin public en face, de l'autre côté de la rivière couleur d'huile.

Les visites du château, de son théâtre baroque entièrement d'époque et tout en bois, des parcs et chapelles, les promenades sur les berges du fleuve gardées par les crucifix, nous avaient tellement plu que nous revînmes aussitôt (trois ans plus tard).

Calvaire, Římov, entre Český Krumlov et Třeboň, juin 2014

Entre-temps, on avait commencé avec les rénovations. La ville n'était plus inconnue des touristes. Mais leur venue en grand nombre ne semblait en rien avoir affecté le charme du lieu.

Lorsque, sur la route de la Croatie, nous fîmes une nouvelle halte à Český Krumlov, en septembre 2014 (encore une décennie de passée !), nous eûmes un court moment de frayeur.

La ville avait été rénovée de fond en comble, avec beaucoup d'amour et sûrement un peu d'argent de Bruxelles, et celle-ci brillait maintenant comme un village de Haute-Bavière lors de la fête de l'association des costumes.

Le centre était parcouru de groupes colorés de voyageurs, de compagnies de découvreurs asiatiques menées à la baguette défilant sous le nez des musiciens de rues et d'individualistes venus des quatre coins du monde sirotant leur cappuccino à l'ombre des façades Renaissance.

Les toits noirs des tableaux de Schiele, bardeaux en bois ou tuiles plates anciennes, étaient devenus rares, la plupart des maisons rénovées étant couvertes de tuiles communes, plates certes, mais en terre cuite claire. Et pourtant, la ville sinueuse avait su sauvegarder son essence propre.

Troublés par le grand nombre de restaurants et de spécialités culinaires, nous trainions sans but dans les ruelles avant de nous retrouver devant une petite auberge sombre et presque vide, portant le nom de *Cikánská jizba* (Maison des gitans), dans laquelle nous entrâmes.

Nous avions déjà commencé à nous occuper des plats très bien garnis et plutôt relevés, que l'on nous avait servis, lorsque quelques jeunes entrèrent et commencèrent à pousser tranquillement les tables inoccupées contre un mur. Peu après, ils se mirent à jouer de la musique gitane de première classe. Juste pour nous. Musiciens et clients étaient en tout une dizaine au plus.

Le patron, très costaud et musclé, ce qui ne facilitait pas ses déplacements dans la petite salle basse, voutée et fort encombrée, nous demanda si cela nous embêterait de faire un modeste don pour la musique. Ce qui n'était bien sûr pas le cas. Nous avions fini de manger et sirotions nos bières.

Dehors, devant la porte, un attroupement de buveurs s'était formé en un rien de temps pour écouter la musique. Cela dura un moment et tout d'un coup, finit comme cela avait commencé.

Plus tard, je découvris sur Internet une vidéo de la maison gitane qui remontait à quelques années. Les jeunes musiciens étaient… encore plus jeunes, le plus jeune d'entre eux jouait alors du violon. Lors de notre visite, il s'était contenté de regarder les autres, soit par timidité, soit par ennui ? Autrement, tout était à l'identique. Český Krumlov a aussi survécu à l'ère numérique.

De Šárka, vindicative reine des amazones et héroïne du troisième poème symphonique, nous n'avons à ce jour pas fait la connaissance. A moins que celle-ci n'ait été réincarnée en Azerbaïdjan comme poétesse (une amie à nous), mais nous n'approfondirons pas la question pour l'instant, car c'est un peu loin de l'Europe centrale !

Nous n'avons pas grand-chose à dire sur les trois derniers morceaux du cycle de Smetana : « *Par les près et les bois de Bohême* », « *Tábor* » et « *Blaník* ». Car, si nous sommes passés plusieurs fois au pied du mont Blaník avec ses deux sommets, dont le plus haut dépasse allégrement les six cents mètres, tout de même, nous l'avons complétement ignoré.

Si bien que je ne peux pas me permettre de vous dire s'il est vrai qu'une armée de chevaliers tchèques conduite en personne par Saint Venceslas, saint patron de la République tchèque, de la Pologne, des prisonniers, des enfants de chœur et… des fabricants de bière, y trouve bel et bien refuge pour intervenir en cas de besoin, comme le dit la légende.

En ce qui concerne Tábor, jolie ville du sud de la Bohème, nous sommes allés la voir et ce, avec grand plaisir. C'est aussi le cas de Třeboň, Telč, de quelques villes plus grandes (České Budějovice, Plzeň…) ou plus petites (Nepomuk, Klatovy…) en plein milieu des collines et des lacs, la plupart d'entre elles avec une grande place du marché pavée, bordée de quantités de maisons de styles baroque et renaissance richement ornées, de l'excellente bière à la pression, avec ou sans alcool, à peine remarque-t-on la différence.

A Třeboň, on trouve en plus de tout cela des carpes préparées selon moult recettes. Je conseille le filet frais de jeune carpe grillé au feu de bois, une sérieuse alternative à la carpe au bleu. Et c'est... très bon.

A chaque passage, nous nous demandons pourquoi ces véritables perles ne sont pas plus connues et nous réjouissons en même temps de les avoir (presque) pour nous tout seuls.

En évoquant plusieurs fois la verdure et les collines fleuries, nous avons justement rendu hommage aux « *Près et bois de Bohême* ». Nous ne nous attarderons pas sur le sous-titre « *Pensées et sentiments à la vue de la patrie tchèque* ». C'est que, si j'aime beaucoup la Bohême, ce n'est pas pour autant ma patrie. Un sujet délicat dans le contexte germano-tchèque, depuis un millénaire... Dans un tel cas, je me contente d'être Français et compte sur les historiens, et surtout pas sur les hystériques, pour étudier objectivement la question.

Ce qui ne m'empêche pas de remarquer au passage que *ma Bohême* à moi est bien plus grande que celle de Smetana ! La Bohême du musicien se limite à Prague et à la partie méridionale du pays. Étonnant, car il cst lui-même né à Litomyšl, en Bohême orientale, a étudié la musique à Plzeň en Bohême occidentale et a passé les dernières années de sa vie, aussi malheureusement sourd que son collègue Beethoven, tout près du Paradis de Bohême, dans le village de Jabkenice, au nord du pays.

Longtemps, il a travaillé à Prague (et aussi par moments à Göteborg) et il repose désormais au cimetière de Vyšehrad depuis lequel il contemple, au travers les lits de roses, les flots majestueux de la Vltava.

Font aussi partie de la Bohême les Monts métallifères et les Sudètes y compris les Monts des Géants. Nous connaissons surtout le côté allemand des Monts métallifères, en Saxe, mais bien sûr nous adorons les villes d'eaux mondialement célèbres [26] de Karlovy Vary, Františkovy Lázně et Mariánské Lázně.

Après la chute du mur, elles se sont très vite réveillées de leur sommeil de belle au bois dormant et ont rejoint le cercle des stations thermales de grand luxe.

Chacune de ses villes a son charme propre. C'est peut-être Karlovy Vary qui me fascine le plus avec ses villas excentriques, ses plaques commémoratives du Who's who des siècles passés et vraisemblablement la piscine la plus laide de la planète, sorte de verrue géante en plein cœur de la vieille ville. Comme la vue sur la ville et les vertes collines environnantes est belle depuis le bassin olympique !

A l'est, la Bohème est voisine de la Moravie, c'est à dire pour nous, au sud la ville de Brno, pleine de vie, avec la Cathédrale Pierre et Paul plantée en plein milieu comme une bougie sur un gâteau d'anniversaire, les grottes de Punkva pour géologues amateurs et dans le nord, le musée ethnographique idyllique de Rožnov pod Radhoštěm, la ville d'Olomouc.

Entre les deux se trouvent quantités de vieilles villes avec château, cathédrale, place de l'hôtel de ville… et tout au sud, entre Brno et l'Autriche, les célèbres vignobles et villages viticoles, que nous irons voir un jour, c'est promis. Pour le moment, nous avons trouvé notre bonheur vineux plus au nord, à Litoměřice. En plus des monuments habituels, la ville offre vin et bière de production locale et en été une atmosphère quasi méditerranéenne dans les petits bistrots avec vue sur la vallée.

Le Traminer maison servi dans une bouteille plastique a le goût du vin servi en cruche en terre cuite ! Demain, on fêtera sur la place du marché la grande parade internationale des pompiers avec musique, drapeaux et costumes démodés, je veux dire bien sûr des uniformes historiques, ainsi que jeans et leggins.

---

26 *Sous leurs noms allemands: Karlsbad, Franzensbad et Marienbad.*

A part les soldats du feu, pas un touriste à la ronde. Ceux qui, comme nous aujourd'hui, visitent pendant la journée le Mémorial de Terezín, l'ancienne Theresienstadt, tout proche, ne s'attardent pas ici dans la soirée.

Plus à l'est, dans les environs de Česká Lípa, nous avons passé il y a bien longtemps une nuit à la campagne en toute simplicité dans un B sans B. Au dîner, il y avait des saucisses grillées dégustées debout, sur le bord de la route nationale, à quelques kilomètres du village.

Pour le petit déjeuner, un dimanche matin, avant le départ pour Berlin, nous dûmes nous rendre dans la ville la plus proche. Malgré nos recherches approfondies, nous n'avons pas trouvé de café. Nous avons fini par prendre place dans un minuscule bar à vin dans lequel quatre personnes pouvaient s'asseoir autour d'un grand fût en bois.

Depuis ce jour, nous savons qu'un bon vin au ptidège n'est pas plus indigeste qu'un croissant ou du pâté de foie. Et que la réputation du café cst surfaite.

Litoměřice, place du marché, juin 2014

Deuxième petite histoire pragoise :
Encore plus de disparues

Je n'aurais jamais dû retourner à Prague. Une ville que je connaissais ouverte, souriante, écrasée par le soleil. Au moins, plus que jamais, Prague est bien la Ville d'Or, la ville de l'or, enfin celle du fric. Au train où les troupeaux de migrants volontaires sont très officiellement allégés de leurs valutas, Zürich va bientôt, en comparaison, faire figure de sous-préfecture subsaharienne.

Si je me suis retrouvé à Prague malgré tous les bons souvenirs que j'en avais - ce qui ne laissait rien présager de bon pour la prochaine visite - c'est que le hasard avait réuni pour quelques jours un groupe de fins gastronomes et autres trotteurs de globe.

Il y avait là un couple de français, Ba, l'inventrice du haïku sous-marin et Dou, spécialiste de la mécanique du tiramisu, deux berlinois : Pe, artiste polyvalent, Sa, organisatrice et moi-même en personne, comme toujours au service de la vérité objective.

En pleine euphorie élargissante, nous voilà tous les cinq dans un logement tout proche du Pont Charles, réservé sur Internet. Pas grand-chose à voir avec les photos sur le site web. Ba et Dou ont un petit studio très sobre perché sous les toits. Un appartement de sportifs. L'escalier rappelle l'époque pas si lointaine où il desservait le poulailler pas encore équipé de meubles Ikea.

L'appartement que nous nous partageons à trois est beaucoup plus spacieux et rempli de meubles et bibelots de styles divers. La plupart des commodes et penderies sont fermées à clef. Pas étonnant, Ba+Dou, arrivés deux heures avant nous, ont involontairement assisté à la transformation expresse d'un logement du centre-ville, habité par des Pragois de base, comme vous et moi, en un douillet nid à touristes.

Cette année, les ponts sont rares. Non, je ne parle pas des dégâts causés par les terribles inondations. Mais bien des weekends à rallonge si chers aux touristes. Les séjours forcés chez tante Olga, dans la banlieue nord, seront donc peu nombreux. Elle fait toujours la tête quand elle voit rappliquer toute la famille fuyant le centre. Mais trois, quatre jours sont vite passés. Et elle touche à chaque fois un tiers des recettes. C'est du moins ce qu'elle croit. Mais, ceci, on ne peut décidemment rien vous cacher, est une toute autre histoire.

Première activité culturelle d'un programme allégé en raison des conditions météos (d'interminables saints de glace) : aller casser la croûte au resto d'en face. Ce dîner insignifiant restera l'unique repas du séjour pris en plein air. A douter du réchauffement de la planète ! Nourriture neutre globalisée sauvée par la bière, bien tchèque elle. Une Krusovice brune qui, malgré des essais prometteurs, conservera son titre de *best pivo* attribué par notre comité d'experts.

Pe nous ayant faussé compagnie pour son sofa fleuri, les deux couples firent un minitour de ville by night. Malgré le vent frisquet le Pont Charles était noir de monde. Peu après, nous étions assis autour d'une table dans un petit vinárna bien sympathique. La jeune femme, qui tenait le bar à vin, hésita à nous servir, car il était près de onze heures, heure de fermeture obligatoire. Mais elle n'eut pas le cœur de chasser une poignée d'assoiffés. Elle nous conseilla un excellent blanc de Moravie, un *Rulandské šédé*, c'est-à-dire un Pinot gris. Juste après notre départ, la police arriva, toutes sirènes à l'américaine dehors.

Le lendemain, personne ne nous servit le ptidège. D'ailleurs, ce n'était pas prévu. Pe, réveillé depuis longtemps, car bien qu'enrhumé, il avait laissé grandes ouvertes les fenêtres de sa chambre donnant sur la rue, alla chercher les meilleurs petits pains blancs jamais produits en Bohème, une surprenante confiture aux fruits rouges (recette probable : 1 cerise, 1 kg de sucre, 1 vieux pneu) et de la margarine au bon goût de margarine. C'est-à-dire aucun. Pour compléter ce petit-déjeuner idyllique, il y avait du N'est-ce-café ? TM pour les durs et du thé chinois au jasmin d'avant-guerre pour les autres.

Pour le premier jour, nous n'avions pas vraiment le choix : vieille ville, Pont Charles, Hradčany. Le ciel incertain n'avait pas découragé les hordes de visiteurs. Pas facile de se frayer un chemin entre les estrades en bois couvertes de meubles en tek et de gigantesques parasols. Ces constructions ont envahi tout le centre et parfaitement réussi à maquer la plupart des façades historiques de la Place de la Vieille-Ville.

Les promoteurs touristiques se sont largement inspirés de l'expérience des autres. Pour visiter la ville en évitant les masses pédestres, on a maintenant un choix quasi illimité : dix générations de tramways, calèches *Sevilla*, voitures anciennes avec chauffeur en habit d'époque, minibus VIP climatisés, bateaux en tous genres y compris un drakkar, promenades à dos d'autruche ou à cheval sur un fût de Staropramen…

Sans aucun doute, le plus bel endroit visité ce matin-là, ce furent les jardins baroques, celui du palais Valdštejn, le traître à la solde des Habsbourg et ceux, plus modestes, des quatre *palais au pied du château*. Magnifiquement rénovés, ils occupent l'un des plus beaux sites de la ville. Et n'ont pas encore été *découverts* par les pelotons d'attaquants menés par des porte-parapluies vengeurs.

Défaut majeur de cet itinéraire, nous nous retrouvons aux portes du Hradčany juste à l'heure du déjeuner. Les plus français d'entre nous poussent les autres à faire halte dans l'un des endroits les plus nuls de la capitale. C'est laid, le menu porte très bien son nom, mais c'est pas grave, car c'est pas bon. Comme il se doit dans ce genre de scénario catastrophe, l'accueil est impersonnel voire désagréable et le prix ridiculement élevé.

En tout cas il sera difficile de faire pire par la suite. Après une pause-café+gâteau bien méritée, dans une cour jardin au bout du nouveau monde, nous voilà repartis à la conquête du château. Le prix des visites a plus que doublé en quatre ans. Le nombre de visiteurs aussi. On paye tout y compris le droit de marcher dans la Ruelle d'or. Qui n'est rien d'autre qu'un piège à touristes.

Sa, prise en flagrant délit alors qu'elle photographie l'entrée de la basilique Saint-Georges depuis le parvis, disparaît dans le nuage d'injures proférées par la mégère qui vend les tickets. Pour se calmer, cette dernière ira ensuite faire l'offrande d'un cierge à Saint-Staline. C'est aussi ça, l'élargissement, il y a toujours les cons à l'ancienne, ceux qui étaient déjà du mauvais côté en 68, des nouveaux cons, en particulier ces malades du biznes, biznes, biznes et il y a même encore et toujours des gens sympas !

Sur le chemin du retour, nous sommes les témoins d'un drame de la vie quotidienne. Une dame âgée est écrasée sous nos yeux par une rame de tramvaj. La tête roule dans le caniveau, sur la gauche. Les jambes et le sac à mains gisent à droite. Quant au reste... Pourtant, nous avons remarqué que les passages-piétons sont équipés d'un système sonore destiné aux malvoyants afin justement d'éviter de tels accidents. Tant que la crécelle tourne au ralenti, il faut attendre sagement. Quand c'est vert pour les piétons, la crécelle s'emballe, histoire de motiver les téméraires et les limaces.

Après une petite sieste, nous tentons de trouver un restaurant pour le dîner. On ne nous laisse entrer nulle part. Complet. Les quelques tables encore vides sont réservées. Nous finissons par trouver asile dans la cave de l'une des innombrables pizzérias. Et apprenons par la même occasion que Prague accueillera dimanche, soit dans trois jours, un marathon. Ceci explique cela. La ville est pleine comme un œuf à deux jaunes, ronde comme une calzone !

Le lendemain, notre groupe se sépare. Les nouveaux d'un côté, les anciens de l'autre. Les nouveaux, c'est Ba&Dou, que nous envoyons visiter le quartier juif. Ils en reviendront en colère. Du moins Ba est en colère pour deux. C'est vrai que, depuis qu'une association (américaine, comme nous l'apprendrons peu après) a décidé d'exploiter le patrimoine de plusieurs siècles de culture juive, en insistant de manière maladroite sur l'holocauste, le visiteur a de bonnes raisons de croire qu'on se moque de lui. La recette est la même que dans les restos à l'entrée du Hradčany. C'est cher, mal organisé ou plutôt organisé de façon à répondre aux besoins des masses de touristes, ceux qui ne (se) posent pas de question.

Les Tchèques, fiers inventeurs du robot, sont-ils aussi ceux du prague-matisme ?

Les anciens sont allés déposer une fleur au monument de l'alcoolique inconnue. Ces gourmands passent la matinée assis au chaud dans plusieurs haut-lieux de la cuisine populaire. C'est bon, pas cher et sympa. Et seulement à quelques centaines de mètres des attrape-tout risques.

A midi, lorsqu'ils rejoignent comme prévu les autres pour le déjeuner, ils ont plein d'idées de restos, mais pas grand appétit. Ils finiront par manger dans la splendide salle carrelée de l'hôtel Imperial.

Toujours assoiffés de connaissance, ils commandent des vins blancs tous différents. Ils s'étonnent lorsque le garçon commence à distribuer au hasard des verres contenant un liquide à la couleur unique. A la question de Ba, encore elle, *« Mais où est passé mon Müller (-Thurgau) ? »,* le garçon, souverain, confirme à chacun que le verre, qui lui est remis, contient bien le cépage choisi par lui avec amour. Pour cela, il prend bien soin de garder son sérieux et de demander à chacun de lui rappeler l'élu de son foie. Des essais croisés ne laisseront aucun doute sur la question. Nous avons tous bu le même vin blanc sec, légèrement fruité. Allez donc savoir lequel ?

Bien nourris, nous traversons la vieille ville et la Vltava. Nous contournons le Hradčany par la droite en traversant plusieurs parcs. Le but de notre promenade est un magasin offrant un grand choix de vins et de verres. Pour une fois, ce sont les verres, des répliques de modèles anciens, qui ont attiré notre attention. Au moment où nous pénétrons dans le magasin, un gros nuage éclate. Ba achètera des verres jusqu'à la fin de l'averse. Une heure plus tard, chargés de poches, nous redescendons vers le centre en grelottant. La température a perdu dix degrés d'un seul coup. Il continue à pleuvoir et à venter.

Nous nous réchauffons assis sur des tabourets rustiques dans le bar à vin du premier soir. Le vin est le même. Cette fois, il est accompagné d'un choix très convaincant de pâté, verdure et fromages, dont l'étonnant fromage fumé local. La serveuse n'est plus la même. Nous n'osons pas lui demander qui apporte des oranges à sa collègue. D'autant qu'elle est bien mignonne, mais remplit les verres beaucoup moins bien que la disparue. Pas la peine de se faire remarquer bêtement.

Pratiquement au même endroit qu'hier nous observons stupéfaits un remake raté du drame de la communication. Mais cette fois, le tramway freine et évite de justesse le vieux monsieur. Ba, qui ne manque décidemment pas d'imagination, prétend avoir vu un gamin équipé d'une crécelle. La crécelle du gamin imiterait à la perfection la version rapide, celle qui engage les piétons à traverser.

Au cours du week-end nous irons voir d'autres quartiers y compris un endroit anonyme et pluvieux ou nous a déposé le tramvaj en compagnie d'une brochette de touristes ébahis. La ligne, qui normalement conduit au cloître de Strahov, avait été complètement déviée à cause du marathon.

Nous avons bu plus d'un cappuccino dans des cafés photogéniques. Le guide pragois du tiramisu de Dou est pratiquement complet. Nous savons trouver sans trop chercher un resto sympa et éviter autant que possible les coureurs en survêt et autres parasites. Bref, nous nous sommes adaptés.

Pourtant, nous nous quittons dans une ambiance tendue. Notre dernière visite dans notre bar à vin préféré a confirmé nos doutes : la serveuse a encore changé. Comme nous l'explique une vieille dame bavarde, dans l'ombre d'une vieille porte cochère, les prisons sont pleines de serveuses n'ayant pas respecté l'heure de fermeture. Pire, il n'y a plus de pinot gris.

Et comble de l'horreur, Ba avait raison. La même vieille dame nous explique, en prenant bien soin de vérifier que personne d'autre ne l'entend, que la municipalité a lancé un vaste programme de rajeunissement de la population du centre-ville. Plusieurs projets pilotes sont à l'essai. En secret.

Et comme Ba, de plus en plus de personnes commencent à faire un rapprochement entre le nouveau jeu à la mode chez les jeunes, la crécelle, qui a été distribuée en grande quantité dans les écoles et la multiplication sans précédent du nombre d'accidents des transports publics, dont les victimes sont des personnes âgées.

« Lívance » avec coulis de fraises, fraises et crème chantilly, quelque part en Bohème, par un beau jour de juin

Theresienstadt

Lors de notre séjour à Prague en 1990 nous avions visité dans la synagogue espagnole une exposition sur le Judaïsme en Bohème. Dans une vitrine étaient étalés documents, photos et dessins ainsi que portraits et dessins d'enfants. C'était ma première rencontre avec l'histoire de Theresienstadt pendant le troisième Reich. J'étais complètement choqué. Les meurtriers de masse pouvaient-ils, en plus, se permettre ce terrible cynisme ?

Encore plus que pour Hrabal (au début de ce petit livre…) ou pour Havel (presqu'à la fin du même…) c'est à une invitation de l'Ambassade Tchèque à Berlin que je dois une réactivation de mon cerveau sur le thème délicat de la mémoire.

« Berceaux étrangers » ainsi s'appelait la rencontre en souvenir des premiers transports de prisonniers juifs vers Theresienstadt, soixante-dix ans plus tôt, qui eut lieu le 24 novembre 2011 dans le quartier de Berlin-Mitte.

« Berceaux étrangers » est le titre d'un poème de l'auteure de livres pour enfants germanophone Ilsa Weberova, connue avant la guerre sous son nom de jeune fille Herlinger et après comme Ilse Weber.

Mme Weber était aide-soignante dans la station de soins pour enfants du camp de concentration de Theresienstadt. Avant son arrestation, elle avait réussi à envoyer son fils Hanuš en sécurité en Angleterre grâce aux transports d'enfants organisés par le Britannique Nicholas Winton.

Elle a dédié ce poème et plusieurs autres, comme par exemple « Je me promène dans Theresienstadt » à Hanuš. Ilse Weber, sa mère et son plus jeune fils Tomas ont été assassinés dans un camp de concentration.

En 2013, parmi mes lectures de Havel, Kafka, Smetanová, Hrabal et d'autres auteurs tchèques ou tchécoslovaques se trouvait aussi « *Parfum d'amandes* [27] », de Lenka Reinerová. La *dernière auteure pragoise de langue allemande*, comme on l'appelait parfois, raconte dans ce livre comment après avoir, comme seule membre de sa famille, survécu par hasard à l'horreur nazie, elle découvrit à l'occasion d'une rencontre germano-tchèque, où elle était interprète, le mémorial de Theresienstadt.

En novembre de la même année, l'ambassade Tchèque organisa une lecture scénique de textes écrits par Petr Ginz et Hanuš Hachenburg, deux ados fondateurs et rédacteurs de la revue VEDEM, au camp de Theresienstadt, jusqu'à leur assassinat en 1944. Ils moururent à quinze ans. Ils avaient le même âge que Gerhard.

Une petite exposition montrait aussi des dessins réalisés par des enfants internés. Les Nazis ont assassiné des milliers d'enfants. Ils ont aussi tué des jeunes artistes incroyablement doués. Ceci n'est évidemment pas un jugement de valeur.

L'art était omniprésent dans le camp de Theresienstadt. A la fois toléré et même soutenu par les tortionnaires à des fins de propagande et dans le but de tromper l'opinion internationale, ce malgré ou bien à cause des visites répétées de la Croix Rouge. Pour les prisonniers, c'était la seule façon de supporter leur situation désespérée.

De plus, de nombreux professionnels, certains d'entre eux étaient célèbres, se trouvaient parmi les prisonniers. D'innombrables manifestations artistiques, cabaret, opéra, musique classique et légère, virent le jour dans des conditions déplorables.

Ainsi le chef d'orchestre Raphael Schächter mis plusieurs fois en scène la « *Messa de Requiem* » de Verdi, dans l'espoir

---

27 « *Mandelduft* », *éditions Aufbau Taschenbuch, 2001*

d'ouvrir les yeux des rares visiteurs autorisés à venir dans le camp.

Depuis plusieurs années un groupe international de musiciens sous la direction de Murry Sidlin lui rend hommage en jouant le « *Defiant Requiem* ». Certains mouvements du Requiem ne sont accompagnés que par un piano, des interviews de survivants sont montrées en vidéo ou lues par des acteurs.

La dernière note est couverte par la sirène du train qui annonce le départ imminent pour les camps de la mort. Tous les exécutants quittent la scène puis la salle dans un silence pesant.

Ma femme et moi avons assisté à la très émouvante représentation au Konzerthaus de Berlin au printemps 2014. La presse a été parfois très critique à ce sujet, dénonçant le pathos exagéré. Je ne peux pas comprendre ça. Notre décision était prise : nous irions un jour voir ce non-lieu de nos propres yeux.

Trois mois plus tard nous y étions. Nous avons visité l'ancienne ville de garnison qui avait été transformée par les Nazis en ghetto, puis en camp de passage, puis finalement en camp de concentration.

Entre 1945 à 1948 la ville de Theresienstadt a été utilisée pour interner les Allemands qui devaient être exclus du pays. Dès 1946, les premiers habitants revinrent dans la ville désormais appelée Terezín. Jusqu'en 1996, l'armée occupa les anciennes casernes.

Lors de notre visite, Terezín se présenta de son meilleur côté. Le temps était formidable, l'ambiance printanière. On aurait pu traverser la ville et trouver celle-ci tout à fait normale. Il y avait des habitants, des magasins et des restaurants, des églises, des bâtiments administratifs, une place gigantesque, mais aussi quantités de lieux de mémoire et de nombreux musées.

Nous sommes allés voir le musée du ghetto dans l'ancien foyer pour garçons. C'est là que la revue VEDEM était éditée. Sur les 15 000 enfants qui sont passés par le camp de Theresienstadt une centaine a survécu. Quinze d'entre eux avaient contribué à la revue.

Un seul, Zdeněk Taussig, resta jusqu'à la libération du camp et pu sauver pour la postérité huit cents feuilles peintes et écrites à la main de VEDEM.

Nous avons parcouru les incroyables expositions *Musique au ghetto*, *Arts plastiques au ghetto*, *Littérature au ghetto* et *Théâtre au ghetto* dans l'ancienne caserne Magdeburg.

Nous avons visité le mémorial, le cimetière, le crématorium… Avons trébuché sur les rails rouillés qui ne mènent plus nulle part.

Nous n'avons rien compris. En tous cas, je n'ai rien compris. Peut-on comprendre l'holocauste ? [28]

Nous avons pris conscience de ce grand nombre de vies détruites et ne les oublierons pas.

---

28 Voir « No man's land », texte de JP Bouzac, in: « Accidents de parcours », livre de Henry Spietweh, BoD, 2015

Que suis-je ?

De quelle nation fais-je partie ?

Moi, un enfant errant ?

Ma patrie, est-ce le mur du ghetto ?

Ou la campagne mûrissante ?

Ambitieuse, petite, pleine de grâce,

La Bohême est-elle mon pays, la terre ?

Debout, j'écoute mon âme et vous dis :

Je suis un humain de ce monde. Allons-y !

Hanuš Hachenburg

(1929 Prague – 1944 Auschwitz)

Traduction de JP Bouzac à partir de la version originale en tchèque, de la traduction allemande extraite de « Kultur gegen den Tod, Mémorial de Theresienstadt / Památník Terezín », Oswald-Verlag, Prague 2002 et de la traduction de Matthias Franz (non publié, 2018)
Avec l'aimable autorisation du Mémorial de Theresienstadt

Mémorial de Theresienstadt / Památník Terezín, juin 2014

Troisième petite histoire pragoise

En mars 2013, je me rendis pour la première fois à Prague pour raison professionnelle. Sur l'invitation personnelle de Brenny Fajer. Nous assistions tous les deux à une conférence internationale qui, d'un peu plus, aurait bien failli sauver la planète.

Ce qui compte, c'est que Brenny et sa nouvelle compagne Mka, Pragoise de naissance et Berlinoise d'adoption comme moi, d'ailleurs toujours avec Sa, Weddingerin de naissance et Barnimoise d'adoption, étions tous venus et comptions y passer le week-end. Nous pensions que la ville serait pratiquement déserte et que le temps froid et ensoleillé serait tout particulièrement propice aux longues promenades. Mais ce ne fut pas le cas.

Il faisait un froid sibérien et la seule conséquence positive de cette insupportable situation était pour nous l'obligation d'aller chercher refuge dans un nouveau café toutes les demi-heures. En ce qui concerne les cafés de Prague, il y a sûrement assez de livres sur le sujet pour remplir des étagères et si ce n'est pas le cas, c'est vraiment dommage !

Depuis le Café Louvre, en passant par la Kavárna Slavia et la Vltava à moitié gelée, il n'y a que quelques centaines de mètres jusqu'au Café Savoy, sa fabuleuse tarte Sacher et sa vue inoubliable sur la cuisine depuis l'escalier qui mène au sous-sol…

Comme Mka de Prague / Köln / Berlin avait pris rendez-vous avec une amie de longue date de Prague / Köln / Prague et qu'elle eut la gentillesse de bien vouloir nous emmener, nous sommes allés dans les montagnes rejoindre dieu (Karel Gott, chanteur populaire) et avons pris un dîner délicieux au restaurant *Le lapin bleu*, avec en particulier d'excellentes *lívance*, dessert local.

Il est vrai que l'on ne peut pas toujours parler de nourriture ou n'écrire qu'à ce sujet. Bien que j'aie encore moins besoin de me forcer que d'habitude : c'est que Prague s'est muée en capitale internationale gastronomique. Même les plus ronchonneurs dégustent en silence. Et, par chance, la situation s'est normalisée. Cuisine et gastronomes tchèques ont repris leur place en plein centre-ville.

Combien j'aurais aimé évoquer nos promenades à deux ou quatre. Parler de nos conversations profondes avec la population locale. Comme par exemple lorsque nous nous aperçûmes que nous avions rejoint le Průmyslový palác au parc des expositions et non pas le Veletržní palác dans l'ancien centre des congrès. Lors d'un échange passablement laconique avec une caissière attentionnée je récoltais en premier lieu un regard plein de pitié, lequel tout à coup s'éclaircit.

L'aimable dame pris un papier et un stylo, dessina l'œuvre d'art moderne ci-dessous et me montra en souriant dans la direction d'où nous étions venus.

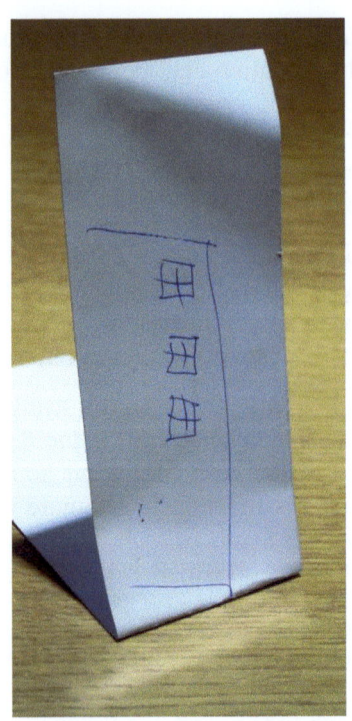

Je remerciais notre bienfaitrice. Peu après, Sa et moi examinâmes plutôt perplexes le chef-d'œuvre, firent demi-tour sur place et marchâmes à tout hasard quelques centaines de mètres.

Sa avait déjà abandonné la partie et rouspétait, comme le font les Berlinois de naissance, les ex-Berlinois et les autres Berlinois.

« Avec un dessin pareil, nous ne trouverons jamais ! Ça pourrait être n'importe quel bâtiment... »

« Et que dis-tu de celui-ci ? » demanda l'ami et sauveur, c'est-à-dire moi, et je montrais du doigt l'immeuble gris de l'autre côté de la rue. Et en effet, le portrait était plutôt ressemblant !

« Děkuji moc a náš věčný obdiv ! » pensâmes-nous très fort, impressionnés et remplis de gratitude.

L'intérieur du bâtiment était à mon goût beaucoup plus beau que la vue de la façade aurait pu prêter à croire.

Malheureusement, je n'ai pas pu écrire un seul mot sur cette expérience hors du commun. Il faisait tout simplement trop froid. D'autant que je suis démodé et que j'écris à la main.

A la suite d'un accident remontant à bien longtemps seul un expert peut deviner si je suis droitier ou gaucher. D'ailleurs je suis très proche de la définition donnée par mon père, qui en tant que gaucher obligé à devenir droitier, prétendait être un authentique gaucher des deux mains.

Ce qui est sûr, c'est que je ne suis capable d'écrire qu'à partir d'une température de vingt degrés. Et c'est ainsi que ce séjour fort instructif a bien failli tomber dans l'oubli. Mais, j'eu une nouvelle fois de la chance.

En quittant l'avion à Schönefeld je découvris sur le sol de la cabine un bout de papier froissé. Je le mis dans ma poche discrètement, comme ce groom d'un hôtel chic de Singapour avait fait avec un énorme cancrelat, qui nous attendait derrière la porte de notre chambre, tout juste ouverte par ce même groom souriant.

Dans le taxi, j'essayai de lire le texte, mais n'en compris pas un traître mot, mis à part le titre en anglais.

Arrivé à la maison, je tapais, comme toujours seulement avec mon index droit, chaque mot, un par un, dans *noodle translate* et ce qui en sortit a donné le chapitre « *Life is mystery...* »

Life is mystery...

J'arrivai tout droit de Scandinavie. Comme dans le grand nord, l'hiver tenait dans ses griffes l'aéroport Václav Havel. Il avait neigé abondamment au cours de la journée. Le soleil de mars ne ménageait pas ses efforts pour donner l'impression d'une journée de printemps. La plus grande partie de la neige avait disparu le soir même. Seule était restée la froideur arctique.

Bien sûr, ce n'était pas ma première visite dans la ville dorée. Cependant, je n'étais jamais venu à cette saison. Les Pragois les plus âgés pourront vous le confirmer.

Je n'avais aucun plan. Comme toute grande ville, Prague est pleine de choses à découvrir. Qu'il s'agisse de faire les attractions grand public avec un groupe guidé ou bien d'explorer de son propre chef une banlieue au premier abord sans visage, il se passe toujours quelque chose. Partout, la vie se déchaîne ou bien elle s'est déchaînée. Le plus grand tumulte finit un jour. Le calme le plus profond est trompeur. Allez donc y comprendre quoi que ce soit !

Je me rendis dans le centre et m'arrêtais devant le 12a, Hybernská. Autrefois, plusieurs familles habitaient là, encore plus longtemps avant, une seule famille, noble et aisée. Dans les années soixante, les habitants furent forcés de déménager dans une banlieue socialiste pleine de lendemains chantant.

A partir de là, le palais marqué par les ans avait fait office d'ambulatorium pendant de nombreuses années, aujourd'hui, c'est un hôtel de luxe. J'étais là devant la porte en verre. Lorsque je me rapprochai, elle s'ouvrit automatiquement. Un air chaud chargé d'effluves de cigare vint à ma rencontre.

En traversant le lobby bien éclairé j'atteignis sans peine et sans me faire remarquer le jardin dans la cour. Un espace libre, de cette taille, en pleine ville. Incroyable. Sans gêne aucune, j'essayais quelques-uns des meubles de jardin en acier exposés çà et là. Les chaises, jeux et statues, étaient luxueux, raffinés et chers en conséquence, comme on pouvait le lire sur les étiquettes.

Deux visiteurs apparurent dans le jardin. Je profitais de l'occasion pour traverser à nouveau le chic lobby de l'hôtel. De beaux bijoux dans les vitrines, un coin salon confortable et élégant dans la cour intérieure couverte d'une verrière. Autrefois, c'était la place des poubelles. Et un endroit ou jouaient les enfants et les chats.

Et déjà, j'étais dehors. Ježíš Mária *qu'il faisait froid ! A partir de là, je poursuivis mon tour en passant par la vieille-ville pour rejoindre l'île de Kampa.*

La Place de la Vieille-Ville était complètement obstruée par de grandes estrades avec chanteuses en costume folklorique, le marché de Pâques et ses œufs peints à la main, des jambons entiers tournant au-dessus des braises, des trdelniki, variété slovaque de gâteau à la broche enfilé sur des tiges en bois, des fûts de bière, et surtout du vin chaud, des enclos avec ânes, poneys, chèvres et moutons, au pied du monument dédié à Jan Hus, le réformateur en avance sur son temps. Comme à toute saison, les rues étaient pleines à craquer de visiteurs, pour le moment transis, mais non moins heureux d'être là, venant de tous les coins de la planète.

Je continuais mon chemin, passant devant le Café Slavia. Traversais la Vltava. Sur l'île en forme d'amande au beau milieu du fleuve, les chemins étaient en cours de réfection. Il y a cent ans, le jeune Kafka aimait ramer dans les environs. Ce qu'il préférait, c'était transporter dans sa barque des personnes inconnues de l'île à la berge ou bien le contraire. Aussi longtemps qu'il en fut capable. Et avant qu'il ne tombât amoureux malheureux de Milena.

Sur un mur blanc, juste avant le U Sovových mlýnů, un graffito attirait les regards des flâneurs :

LIFE IS MYSTERY

HIS LIFE IS HISTORY

Au-dessus du texte un sympathique Václav Havel souriait, fumait, en costume et cravate rayée. Rare souvenir d'un président bien particulier.

Au musée de Kampa, je jetai un coup d'œil aux œuvres colorées de František Kupka, l'authentique père de la peinture abstraite, mort en France en exil, seul et aigri. Dehors, sur un ponton, une horde de pingouins jaunes se réjouissait de la vue imprenable sur le pont Charles et de la fantastique ambiance congélateur. Pas la moindre trace des fameux rossignols, pas étonnant, si l'on en croit Jindřiška Smetanová [29], qui a étudié leur disparition à l'ère socialiste.

Le ciel était d'un bleu artificiel de carte postale. Sur les cartes en couleurs bien sûr. Car, à Prague, on adore les clichés vintage, pris ou tirés en noir et blanc ou en sépia.

Après une nuit glaciale, je choisis une attraction hors des pistes des troupeaux de touristes. C'est ainsi que je me retrouvai au Palais des foires, dans le quartier de Holešovice.

Je rencontrais à nouveau František Kupka et le soldat Schwejk, vis aussi toute une collection d'objets en provenance des usines d'armement tchécoslovaques à vocation exportatrice, un excellent choix d'œuvres françaises du vingtième siècle et l'incontournable Alfons Mucha, qui contrairement à Kupka, devint célèbre à Paris et fut fêté comme un héros national lors de son retour au pays.

A l'intérieur du bâtiment de style fonctionnaliste errait une poignée de Gaulois qui s'étonnaient du fait qu'ici, comme d'ailleurs au musée Mucha du centre-ville, les explications des œuvres de leur Monsieur Alphonse Muscha n'existaient qu'en anglais et en tchèque. Globalisation oblige. Du français, on en trouve plus que dans de nombreux tableaux du Maître.

---

29 Hinter Prager Fenster, Jindřiška Smetanová, Vitalis, Prague, 1997. Apparemment pas de traduction française.

Pendant l'occupation, les Allemands utilisèrent le palais comme lieu de rassemblement des Juifs avant leur déportation dans les camps de la mort. Rien ne rappelle ici le calvaire des sœurs à Kafka, de pratiquement toute la famille de Lenka Reinerova et de milliers d'autres Juifs de Prague et de Bohème, connus ou anonymes.

Kafka (en noir et blanc comme les photos du pont Charles), Mucha (aussi multicolore que le salon Primator de la Maison Municipale), Rilke (aussi loquace que Kafka était laconique), Hrabal et Kundera (tape-à-l'œil et efficaces, à tout prix ?), c'est bon pour les affaires. Mais la guerre et les destructions, le communisme et la normalisation ?

Pour l'amour du ciel ! Les touristes ne supportent pas l'ennui, n'aiment pas être tristes. Qui s'intéresse au passé doit se rendre à Josefov, Vyšehrad, ou, encore mieux à Vinohrady. Là-bas, sur l'ancien vignoble, derrière la place Venceslas, on trouvait en cette belle journée printanière ensoleillée et glacée de joyeux marchés de Pâques, et même un marché bio avec des delikatessen de producteurs locaux et autant de poussettes à bébé design qu'à Prenzlberg [30].

Et là-bas, une bonne partie de la ville des morts disparaît sous le lierre. Au cimetière Olšanské se trouve la tombe de Jan Palach, qui s'est immolé par le feu en 1969 pour protester contre la répression du Printemps de Prague. Là repose Frank K., taciturne pour l'éternité, au Nouveau Cimetière Juif. De l'autre côté de la route cogite l'un de ses plus grands admirateurs, Václav H., sur le sens de la vie, sur l'insoutenable absurdité de l'être.

Tout près de l'ancien vignoble royal, les gens attendent, malgré le froid glacial, dans une longue queue, dans l'espoir de faire partie des premiers visiteurs du Centre d'information Václav Havel tout juste ouvert [31].

---

30 *Quartier BCBG de Berlin*
31 *Note de l'auteur : A. Vendunor l'a vu, pas moi.*

Des workshops interactifs sur sa très influente famille, sa jeunesse en tant que « porcelet bien nourri », selon ses propres mots et le reste de sa biographie remplissent le bâtiment de brouhaha et de musique.

Dans une petite pièce on présente des pièces de théâtre et on en discute, avant de les jouer. Des œuvres de Havel et d'autres pièces de théâtre de l'absurde, anciennes ou nouvelles. Une salle dans la pénombre traite des séjours en prison.

Dans la cuisine, on prépare du Goulasch selon la recette à Vašek, c'est à dire à chaque fois de manière un peu différente. Dans le café voisin U Topia on invente tous les jours un monde nouveau dans lequel l'être humain et la nature vivent en harmonie et quantités de bière et de schnaps sont anéanties.

Devant la porte du centre d'information se rassemblent les personnes intéressées par les visites guidées de Prague sur les traces de VH, à pied et en bus, ou par les excursions d'une journée à Hrádeček, afin de visiter sa Datcha dans les Monts des Géants.

Cette modeste maison dans la verdure a autrefois accueilli fêtes estivales, concerts et lectures d'artistes interdits. Le courrier et les livres écrits sur place furent régulièrement confisqués par la police, la Charta 77 a vu le jour entre ces murs. V. Havel y a reçu parents et amis à chaque fois que les services de l'état le laisser faire.

Il est mort là fin 2011.

Et maintenant « sa vie fait partie de l'histoire ».

Brusquement, la météo bascula. Mon rival habituel, venu de l'Atlantique, comme toujours doux et humide, rentra à la maison. Les températures montèrent brutalement. Je me retirais dans le nord-est, en coup de vent, si j'ose dire.

Signé Anonymus Vendunor

Graffiti, Mala Strana, Prague, mars 2013

Prague à Berlin : Havel

Le brûlant hommage à Havel rendu par A. Vendunor (sûrement pas des paroles en l'air !) me remis en mémoire mes propres *expériences* avec le Pré(dis)sident.

Nous avons depuis longtemps bêtement égaré le pin acheté à Prague lors du printemps du bonheur de 1990, portrait en couleurs, un brin kitch, avec son inévitable sourire emmoustaché.

La biographie officielle « *Václav Havel. Poète et président* », écrite en 1991 par son ancienne compagne de lutte Eda Kriseová, a longtemps dormi sur une étagère dans la pièce dite de la télé et s'empoussiérait à vue d'œil en très bonne compagnie. Jusqu'au fameux printemps 2013.

En pleine préparation du voyage, je décidais de rattraper le temps perdu. La biographie est très réussie : elle force le lecteur à se plonger dans le monde du poète et dramaturge. L'homme politique, le dissident et le président, sont en prime. On a envie d'en savoir encore plus.

J'ai commencé par lire les « *Lettres à Olga* ». Heureusement, elles ne sont pas aussi déprimantes que les « *Lettres à Milena* » de son compatriote vénéré. Parfois, elles sont même carrément drôles. Mais, c'est plutôt rare. Avec ce document écrit très méticuleusement, le prisonnier politique Havel nous livre avant tout une réflexion fondamentale sur le sens de la vie, apparemment une spécialité tchèque.

Bien sûr, il existe des récits de captivité plus cruels, mais ce système était sans aucun doute inhumain et indigne. Ce que le dissident entreprend contre cela pendant des années avec ses moyens limités est non seulement touchant, mais aussi un modèle de résistance non-violente tout à fait d'actualité.

Havel avait pour écrire très peu de temps et encore moins de papier. C'était un aspect de son châtiment. C'est pourquoi il devait peser chaque mot cent fois avant de vraiment l'écrire.

Le fait que ses envolées philosophiques soient (rarement) interrompues par des thèmes beaucoup plus pragmatiques comme la maladie ou la peur de représailles envers sa famille et ses amis, ne prouve qu'une chose, à savoir que l'intellectuel récalcitrant était resté un homme.

Qu'ils soient malgré eux devenus célèbres comme Havel et une poignée d'autres dissidents (qui grâce à des amis à l'étranger, principalement en Autriche, en Allemagne et au Canada, reçurent un peu de soutien) ou restés anonymes et livrés à eux-mêmes, ils méritent tous notre admiration.

L'écrivain Havel a su disséquer les coups bas du régime dans de nombreuses pièces de théâtre regorgeant d'humour absurde. A leur lecture, je fus très surpris par la modernité de ces œuvres des années quatre-vingt. Mais ce n'était que le début. Je fais partie des veinards qui ont eu la chance d'apprécier le talent des acteurs et la force des mots lors de représentations scéniques de la *« Trilogie de Vaněk*[32]*»*.

Mes remerciements les plus chaleureux au metteur en scène Dušan Robert Pařízek, responsable du Festival de culture et d'art tchèques déjà cité !

Et pendant que nous y sommes : Comme le dit la chanson berlinoise *« La Spree se jette toujours dans la Havel »*, et qui, depuis la capitale allemande, remonte le fleuve en canoé, à la nage ou à tire d'aile, atteint un beau jour l'Elbe et, finalement, la Vltava…

---

32   *« L'audience », en mai 2013, « Pétition », en novembre 2014 et « Vernissage », en avril 2016, avec Manfred Eisner, Romanus Fuhrmann ainsi que pour le dernier, Ulrike Hübschmann, dans une mise en scène utilisant avec bonheur le hit de Karel Gott « Einmal um die ganze Welt ».*

Petite histoire (de la banlieue) pragoise :
Les cagouilles à Prague !

Henry, encore lui, Brenny, et quelques autres lecteurs-testeurs de cet opuscule étaient tous d'accord : dans cette œuvre au concept obscur leur préférence allait aux soi-disant *petites histoires pragoises*.

Ces messieurs et ces dames souhaitaient voir le nombre de ces histoires grandir, ignorant en cela, que la première de ces histoires s'est tout simplement échappée de mon stylo, que la troisième a été volée tandis que la seconde a vu le jour dans des circonstances très douteuses.

De même, mon allusion au fait que je m'étais formellement promis, à cette occasion, de ne pas dépasser le nombre magique de cent pages [33] resta sans écho.

Comme aucune de mes muses n'était prête à m'accompagner pour un voyage spontané à Prague, que ni Mozart, ni Mörike [34] n'était disponible, je fouillais dans mes souvenirs, une chambre noire qui rappelle un peu une cave abandonnée. Sous la poussière et les toiles d'araignées dorment détritus et d'antiques supports de stockages pour lesquels il n'existe plus depuis longtemps le moindre lecteur.

Et c'est ainsi que le voyage avec mes parents en août 1997 quitta la naphtaline pour respirer à pleins poumons l'air frais du présent. Lorsque Marcelle et Louis-Clément nous rendîmes une fois de plus visite à Berlin, précisément dans la ceinture de gras berlinoise, nous leur fîmes cadeau d'un voyage en commun à Prague.

---

33 *La version originale, dans un autre format, a 147 pages.*
34 *Le voyage de Mozart à Prague, Eduard Mörike, 1855.*

Après tout, leur anniversaire à tous les deux, tombait, comme si souvent, le même jour et qui plus est pendant leur séjour. Et ils n'avaient pas encore été à Prague, une situation intolérable à laquelle nous avions décidé de mettre fin sans tarder.

Marcelle, ma chère maman, ne prend pas l'avion. Elle ne nage pas non plus, ni ne fait du vélo, ce qui dans ce cas précis n'avait pas la moindre importance, ces deux moyens de locomotion n'ayant pas été envisagés pour le voyage.

Cécelle et Louis, comme nous les appelions aussi, n'étaient pas vraiment âgés, mais pas tout jeune non plus et ils avaient de mauvaises jambes. Ce dernier aspect remontait à un certain temps, en fait, ça avait toujours été le cas, mais avec l'âge, cela ne s'était pas amélioré.

Nous n'irions pas rejoindre de Berlin la patrie de Zátopek [35] en courant, ça, c'était clair. Nous cherchions en conséquence une solution *porte-à-porte* et nous la trouvâmes. Quatre billets chez M-m-Busreisen : aller et retour en bus et hébergement sur place. Nous passerons sous silence le prix dérisoire, payable seulement en liquide, de 129 DM par personne.

Le vendredi 22 août, nous nous retrouvâmes à 6.40 h. devant l'hôtel Forum sur l'Alex [36] et prîmes la poudre d'escampette, en fait nous laissâmes derrière nous les aérosols de la ville, à 7.00 h. pile. Le trajet aller, dans un bus bon pour le musée, timide hommage au mythique Magic Bus London – Katmandu des années soixante-dix, se passa sans problème notoire.

A notre allure d'escargot, nous avions tout le temps d'admirer le paysage défilant sous nos yeux, autant, sinon plus, que les cyclistes.

---

35 *Emil Zátopek (1922-2000), coureur de fond et acteur enga-
gé et courageux du Printemps de Prague*
36 *Alexanderplatz*

Notre conductrice était très, très prudente et elle avait ses raisons. Ainsi, c'était pour elle, comme pour mes parents, la première fois qu'elle se rendait à Prague. Et jusqu'à nos jours (à l'époque c'était sans GPS) il n'est toujours pas facile de trouver son chemin, passant par la Saxe et la Bohème du nord, pour rejoindre la diva dorée.

Nous roulions depuis un moment sur le périphérique de Prague, de moins en moins vite, la conductrice jetant des coups d'œil nerveux à gauche et à droite, lorsqu'un passager eu la gentillesse d'annoncer à la ronde, que nous ferions bien de quitter la route sur le champ pour le cas où nous souhaiterions voir Prague et non la côte adriatique. Reconnaissante pour ce tuyau sans équivoque, la conductrice pris la prochaine sortie et nous finîmes par nous retrouver devant notre hébergement.

Au cours de leur vie, mes parents ont habité dans toutes sortes de logements. Ma mère aime à raconter ses séjours à la ferme comme petite fille au cœur du pays des chèvres et des baudets du Poitou, à Pouffonds, tout près de Melle (Ça ne peut pas toujours être Paris !). Mon père, de son côté, est né et a grandi dans un épouvantable trou à rats au pied de la vieille-ville moyenâgeuse de Poitiers. Après de nombreux appartements, petits et grands, à la campagne, au bord de la Méditerranée, oui même dans un ancien château abandonné, proche de la vallée de la Loire, ils résident *beunaises* depuis longtemps en plein vignoble des Borderies, à proximité de la ville de Cognac.

Où mes ascendants au premier degré n'avaient jamais passé, ne serait-ce qu'une nuit ? Dans une barre ou une tour d'un grand ensemble urbain. Grâce à ce voyage, cette lacune devait bientôt être comblée, ce qui prouve une fois de plus l'adage prétendant que voyager instruit et pas seulement la jeunesse. C'est que nous voilà plantés, tous les quatre avec nos bagages, devant un gigantesque bloc qui, à gauche comme à droite, fait office d'horizon, embellit celui-ci, n'en fait qu'une bouchée, car c'est, au sens propre du mot, une question de point de vue.

Notre impression générale sur cette banlieue, dont le nom m'a malheureusement échappé, est mitigée. Il n'y a pratiquement ni arbre, ni pelouse. Tout a était construit, avec cette rage typique des années soixante-dix, à l'est, comme à l'ouest, soit-dit en passant.

Ce n'est pas beau, mais pratique. Les alentours sont plutôt propres et il ne semble pas, au premier abord, que nous risquions notre vie. Nous prenons l'ascenseur jusqu'au huitième étage et trouvons aussitôt l'entrée de nos appartements. Derrière la porte dans l'interminable couloir se cachent deux portes en bois sombre. Chaque couple dispose d'une longue pièce étroite avec des lits simples encastrés l'un derrière l'autre le long d'un mur. Entre les deux chambres se trouve la salle de bains commune.

Depuis la fenêtre, on jouit d'une vue inconstructible sur la prochaine barre en béton, comment pourrait-il en être autrement? D'ailleurs, ce n'est pas si important que ça. Nous nous contenterons de dormir ici, comme il se doit dans une cité-dortoir. Quoique, comme nous le verrons sous peu, dormir joue un rôle important dans le quotidien de mes parents.

Nous quittons bientôt l'appart, nous rendons à pieds jusqu'à la prochaine station de métro et, tel Orphée, disparaissons volontairement dans les profondeurs, direction l'enfer. Après une demi-heure de train, j'allais dire d'avion, nous sommes libérés en plein centre-ville. Et nous voilà déjà assis à la terrasse ombragée d'un café, vidant avec délice tasses et verres.

Par chance, je ne sais plus dans quel ordre nous avons vu quoi. Dans mes souvenirs ce séjour reste le « Slow tour de Prague ».

Peu de quartettes de visiteurs ont dû réussir à explorer cette ville avec plus de lenteur que nous le fîmes. Il faisait très chaud, avec un soleil, comme les Français ne l'imaginent possible que beaucoup plus au sud. A en juger d'après leurs vêtements légers, les nombreux jeunes visiteurs issus des péninsules italienne et ibérique étaient mieux informés que nous.

Par-dessus le marché, Prague, comme toutes mes villes préférées, est loin d'être plate. Et finalement, la région d'origine de mes parents est surtout connue, à part pour le fromage de chèvre et le Cognac, pour ses escargots (appelés *cagouilles* au sud et *lumas* au nord). Vu sous cet angle, nous étions tombés sur le bus idéal.

Pour en rester aux cagouilles : ce petit animal légèrement baveux a pour sage habitude de prendre tout son temps pour escalader des collines en pleine chaleur estivale, préfère les zones ombragées et prévoit de nombreuses pauses méditatives et rafraîchissantes. Pour cette raison, nous avons rendu visite, en plus des principales attractions déjà citées, à de nombreux endroits sympas et calmes, par exemple la moitié des bancs des parcs de la ville. La sieste n'est pas faite que pour les chiens.

Dans un parc près du palais présidentiel (à l'époque un certain Václav H.) nous sommes tombés nez à nez avec des êtres blancs qui devaient m'occuper un moment. Nos propres photos de ces créatures fabuleuses restent introuvables. D'ici notre prochaine visite, ces statues auraient elles-mêmes disparues. Emportées par les tempêtes d'automne ou les crues de printemps ?

A ce sujet A. Vendunor me donna un bon tuyau. La Galerie Nationale héberge une sculpture semblable, me fit-il savoir. Après une courte recherche, il s'avéra que l'artiste s'appelle Kurt Gebauer et que d'après lui, et il est bien placé pour le savoir, les êtres en question n'étaient pas des *gnomes*, comme je l'avais prétendu plus haut un peu vite [37], mais des *nains fantastiques*.

Celui du musée était un *nain-chien*. Ou un *chien-nain* ? Autrefois, il avait pour compagnons dans le parc un *nain-arbre*, un *nain-bière*, un *nain-gardien* et un *nain monumental*. Presque tous étaient blanc comme neige, tous portaient un bonnet long, voire incroyablement long et étaient composés de *polyesterový laminát* de qualité supérieure.

---

37 *Dans la première « Petite histoire Pragoise »*

A l'époque de cette visite, David Černý, l'enfant terrible des sculpteurs pragois, n'avait pas encore trente ans. A chaque voyage, nous découvrîmes, en général par hasard, l'une de ses œuvres provocantes. En 1997, nous ne pouvons pas en avoir vu beaucoup.

IS2, premier char soviétique ayant *libéré* Prague en 1968 et qui depuis reposait fièrement sur son socle en pierre dans le quartier de Smíchov au pied des Jardins Kinsky, lui fournit sa première installation artistique réussie, répondant au doux nom de *Tank 91*. Pendant une nuit d'avril de l'année en question, il peint le monstre en rose bébé et fit faire un doigt d'honneur au canon.

Après les protestations officielles venant de Russie, le char fut repeint début mai dans sa couleur vert kaki d'origine et le canon remis à sa place, convenable et menaçante, avec la vieille ville en ligne de mire. Une semaine plus tard, la peau de bébé métallique rayonnait à nouveau. Cette action controversée envoya pour peu de temps Černý en prison. Cette fois-ci, ce sont les députés tchèques qui protestèrent.

L'artiste fut libéré, le char, *pour sa propre protection*, banni au musée des techniques militaires, sous le nom de *Pink Tank*, en 1994. Tout près de là, on inaugura en 2002 le mémorial pour les victimes du communisme, œuvre de Olbram Zoubek, elle aussi contestée.

Černý poursuivait son but avec acharnement. Entre-temps, il est mondialement connu. Depuis l'année 2000, une foule de *miminka* (bébés) escalade inlassablement la tour de la télé de Žižkov. En 2013, il s'immisça dans la campagne électorale en dédiant à la *« bande de communistes de merde du Château de Prague »* la statue géante d'un doigt d'honneur flottant sur la Vltava. Mais l'icône de l'art contestataire a plus d'un tour dans son sac, comme le montrent les exemples suivants.

La fontaine avec deux hommes urinant et le titre approprié *pisser*, installée dans la cour intérieure du luxueux restaurant Hergetova cihelna, avec vue unique sur le Pont Charles, fait partie des œuvres High Tech de l'artiste. Les messages envoyés par SMS à la fontaine sont écrits avec beaucoup d'engagement (est-ce ce que l'on appelle « *engagement physique ?* »), un peu d'eau, art et haute précision, sur la surface du bassin. Cette fois-ci, sans utiliser de doigt.

K, gigantesque tête formée de plaques d'acier mobiles, inaugurée à la fin 2014, dans le nouveau centre commercial Quadrio, devrait attirer encore plus de touristes amateurs de Prague-Kafka-Černý.

Les miminka de David Černý,
quartier de Žižkov, Juin 2000

Vous n'allez pas me croire : mes parents sont encore assis ! Au moins, ils ont changé de bistrot. C'est maintenant un authentique bar à bières, avec tables en bois et sièges en acier, et, oh, miracle, maman boit de la bière ! Et en plus, elle aime ça. Je n'aurais jamais cru vivre cet instant.

La bière, c'est « *affreusement amer et à part ça, sans le moindre goût* ». Voilà ce que j'entends depuis ma plus tendre enfance charentaise. En conséquence, on n'utilise la bière dans ma famille que dans deux cas exceptionnels. Pour nettoyer les feuilles du caoutchouc (à cause des vitamines), qui trône dans l'entrée de la maison et, une ou deux fois par an, ainsi que pour la Chandeleur, pour alléger la pâte à crêpes (le lait ça colle, l'eau, c'est pour les poissons).

Et Cécelle boit avec plaisir son demi-litre de bière de Bohème. Si par hasard, elle plongeait tout d'un coup dans la Vltava et rejoignait l'autre rive en papillon, cela ne m'étonnerait plus qu'à moitié.

La *Bertramka*, la belle bâtisse dans laquelle Mozart composa son génial Don Giovanni, nous l'avons visité une autre fois. Comme d'ailleurs l'Opéra, le musée Dvořák et les concerts classiques dans une ribambelle d'églises.

Mais qu'avons-nous fait pendant ces quelques jours à part boire de la bière et fainéanter ? Je ne peux pas le jurer (ça ne se fait pas, selon maman), mais je crois bien que, pendant notre séjour-escargot, nous avons écouté un groupe de Dixieland dans la rue. Ou bien un trio de jazz le soir dans un café ? C'est plutôt improbable, car nous avions la plupart du temps, crevés, mais comblés, rejoint notre cité-dortoir avant le coucher du soleil.

Du dehors, nous avons admiré les splendides hôtels de style Art Nouveau et nous sommes dit, que la prochaine fois, nous habiterions ici. Dans l'hôtel *Paříž*, nous n'avons pas bu de crémant, ça, nous le fîmes quelques années plus tard avec Annelie et Peter.

Sur la place Venceslas, le *Grand Hotel Evropa* brillait encore de tous ses feux. Sabine montra à mes parents, la voix tremblante d'émotion, la pièce dans laquelle elle avait suivi en 1990 plusieurs matchs de la coupe du monde de football parmi les cris des spectateurs.

Après quatre jours de visites à cette vitesse inhabituelle, une excursion en bateau sur la Vltava, un dîner tout à fait adapté à la chaleur, chez un Libanais, l'achat d'une veste pour papa et d'un collier d'argent et grenats de Bohème, pour maman, il est temps de prendre le chemin du retour, dans un premier temps vers Berlin.

Nous sommes déjà dans le bus. Nous avons quitté la ville vers 14.00 heures. Mon papa fait la sieste. Il a pris place dans la dernière rangée de sièges dans le coin droit dans le but de se reposer à l'ombre de l'éprouvante visite de la ville. Soudain, il se réveille en sursaut, renonçant au repos pourtant bien mérité, et nous annonce, d'une voix à moitié endormie :

« Le soleil me chauffe la joue. Ce qui veut dire que nous allons vers l'est… Ce qui est faux ! »

« Assurément ! » confirme notre sympathique conducteur, qui (comme sa collègue à l'aller) fait pour la première fois ce trajet, comme nous l'apprenons à cette occasion.

Le chauffeur fait demi-tour, retourne à Prague, puis prend vers le nord, direction Berlin, ancienne capitale de la RDA, que nous atteignons en pleine nuit avec un bon retard et un peu fatigués.

La compagnie organisant ces voyages en bus s'appelait *« Machmit-Reisen »*, c'est-à-dire quelque chose comme *« Les voyages On compte sur vous ! »* Prenant l'exemple du passager bien informé de l'aller, mon papa, à son tour, a su pleinement répondre aux attentes de nos gentils organisateurs.

« Nain-bière », Kurt Gebauer, dans un parc, Prague, juin 2000

100 ans après

En juin 2014, nous partîmes une nouvelle fois en Ex-Yougoslavie. Nous voulions découvrir le sud de la Croatie et d'autres Républiques, y compris le Monténégro. Je souhaitais aussi, cent ans après l'assassinat de l'héritier du trône autrichien Franz Ferdinand, qui déclencha la première guerre mondiale, et presque vingt ans après la fin de la Guerre de Bosnie, faire la connaissance de la ville de Sarajevo.

A l'aller, nous avions visité Theresienstadt, contourné Prague sur son périphérique sauvage avec probablement le seul Skywalk à quatre voies au monde et passé un moment de plus dans la féerique Český Krumlov.

Le hasard a voulu que nous fassions étape à Graz, capitale de la province autrichienne de Styrie, où nous avons spontanément visité une exposition en plein air impressionnante, dressée en bordure du fleuve Mur aux eaux vertes, sur le thème *« Le monde en 1914 – La grande danse (macabre) »*, avec quantité d'illustrations de la culture, l'économie, la politique et la vie quotidienne juste avant la chute.

La Croatie, le Monténégro et la Bosnie-Herzégovine, que ce soit Sarajevo, Mostar ou des lieux moins connus, nous ont enchantés. Malgré toutes les catastrophes, la variété des paysages et des cultures, des religions, des langues et habitudes culinaires est omniprésente, réjouissante et enrichissante.

Bien sûr, la situation politique est loin d'être claire à pas mal d'endroits, l'avenir pas vraiment rose, mais pour le moment, on ne s'entretue pas.

Le chemin du retour vers Berlin passa par Zadar, la seule ville dans laquelle la mer joue de l'orgue, Maribor, en plein festival multiculturel et viticole, puis, à partir de la Slovénie, en direction de… nulle part. Car nous n'avions rien réservé et dûmes constater que, ce jour-là, toute la Bohème était sur la route.

Après plusieurs tentatives ratées de trouver un toit pour la nuit, nous fîmes étape dans une petite ville, peu avant Prague, sur la route principale. La pension indiquée sur un panneau sur le bord de la route avait encore une chambre de libre que nous prîmes sans discuter. L'employée nous dit : « *Si vous avez envie, allez faire un tour dans le parc. Le château est déjà fermé, mais c'est une belle promenade.* »

Elle ajouta quelques recommandations pour le dîner et nous conseilla de ne rater sous aucun prétexte le musée des motos tchèques installé dans le rez-de-chaussée du bâtiment.

Après le long trajet en voiture, nous n'avions vraiment rien contre l'idée de nous dégourdir les jambes dans la verdure et partîmes aussitôt en direction du parc. Le chemin que nous suivions passa devant un enclos avec des cerfs, un restaurant spécialisé - surprise - dans le gibier et un étang d'élevage piscicole entièrement à sec.

Tout à coup, le château se dressa devant nous au sommet d'une colline à travers les arbres. Nous entendîmes des voix et entrâmes dans la cour. Devant un autel ancien transporté là pour l'occasion, un évêque en tenue d'apparat parlait pour un public vêtu solennellement. En tchèque.

Utilisant mes modestes connaissances panslaviques je me concentrais autant que je le pouvais et finis par comprendre que nous nous trouvions dans le château de Konopiště, propriété de... Franz Ferdinand (Carl Ludwig Joseph Maria von Österreich-Este).

Le maître des lieux a épousé la comtesse tchèque Sophie Chotek von Chotkowa und Wognin le premier juillet 1900. Maintenant, je me rappelais l'avoir lu quelque part pendant notre voyage. Le jeune assassin s'était très sincèrement excusé pour la mort imprévue de l'épouse slave du prince-héritier. C'étaient d'ailleurs les seuls mots qu'on avait pu obtenir de lui.

À la suite de l'attentat de Sarajevo, il y a cent ans, jour pour jour !

Nous étions tombés par hasard sur la messe commémoratrice de cet évènement et avions bouclé sans le savoir un cercle qui avait commencé à Graz, nous avait conduit dans la capitale bosniaque pour s'achever là, en plein cœur de la Bohème.

De retour à la pension, nous visitâmes le musée rempli jusqu'au plafond de motos tchèques de la marque JAWA et j'achetais en souvenir un calendrier au titre emblématique *« O život, o lásku, o trůn – Arcivévoda František Ferdinand D'Este »*, une collection de clichés originaux en noir et blanc *« Sur la vie, l'amour et le trône »* du prince-héritier d'Autriche-Hongrie assassiné.

A la maison, je déchiffrais lentement, plus que je ne lus, le calendrier et appris à cette occasion que le futur Grand-Duc autrichien était né à… Graz. Et aussi, que Gabrielo Princip, l'assassin de Sarajevo était mort en captivité à… Theresienstadt. L'histoire européenne…

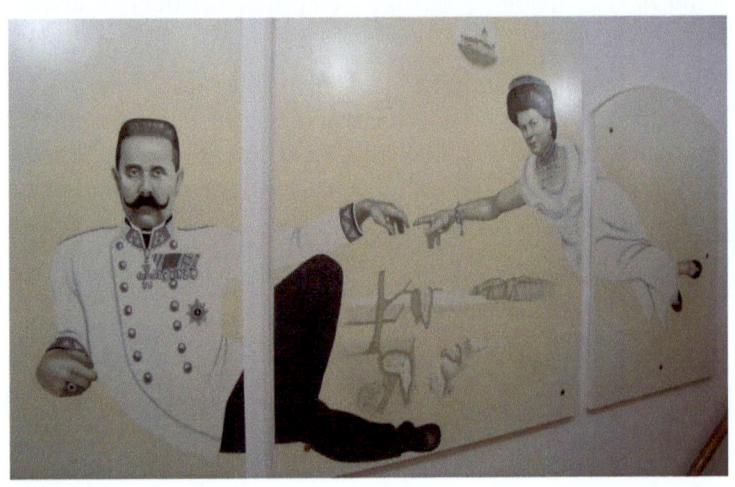

Décoration murale, artiste inconnu, Pension Konopiště, Benešov, 28 juin 2014

La vie continue (Postface)

Mon intérêt pour le monde autour de Prague a persisté durablement et c'est ainsi que, depuis le printemps 2015, j'ai découvert de bonnes lectures comme le « *Panoptique de la vieille ville de Prague* », de Jiří Marek, des œuvres inspirées comme « *Marché des sensations* », de Egon Erwin Kirsch, ou « *chronos krumlov* » de Harry Oberländer, des textes inspirants, tel le « *Journal Pragois : 1941-1942* », de Petr Ginz.

Je relus certains livres découverts il y a bien longtemps comme « *L'insoutenable légèreté de l'être* », de qui vous savez, cette fois avec les mots de Václav Havel en tête, ce qui me procura beaucoup de plaisir.

« *Le calme à Prague* », de Jaroslav Rudiš, ou « *ENGEL exit* », de Jáchym Topol, ne m'ont pas vraiment convaincu. Ai-je un problème avec la nouvelle génération ? Vraisemblablement, je fais partie de ces nostalgiques sentimentaux indécrottables qui, selon Rudiš, encombrent jour après jour les ruelles puantes et bruyantes du Vieux-Prague. Quelle horreur !

Mais ce n'était pas tout. A peine la première version de ce bouquin était-elle finie que j'appris que la *Saison culturelle polonaise (PoKuSa)* de Berlin avait choisi la République Tchèque comme pays invité pour l'année 2015.

Sur ce, je m'inscris comme volontaire sur le stand du *SprachCafé Polnisch* [38] pour la première journée de PoKuSa. La rencontre avait lieu sur un terrain plutôt vague au pied des stations de métro et de RER de Pankow, juste au-dessous du couloir aérien de Berlin-Tegel, un endroit aussi facilement accessible qu'assourdissant.

---

38 *Association culturelle germano-polonaise, quartier berlinois de Pankow, http://sprachcafe-polnisch.org/pl/*

Comme souvent à la fin juin, le temps berlinois faisait des caprices et on aurait facilement pu se croire en novembre. Après avoir joué mon rôle sur le stand pendant un certain temps, je repris des forces en mangeant des Pierogi achetées sur le bon stand (les dames du SprachCafé ne laissaient aucun doute sur le fait que l'offre de la concurrence ne valait pas chipette) et partis faire le tour de l'ensemble des stands.

Ce fut assez vite fait. Les initiatives germano-polonaises étaient, comme prévu, bien représentées, mais ce n'était pas là la question.

Mais où étaient donc les Tchèques ? A ma grande surprise, il n'y avait qu'un seul stand. Le pays invité était représenté par un et un seul Berlinois dans la force de l'âge. Il disparaissait derrière des montagnes de livres et DVD en allemand, tchèque et polonais, qu'il avait transportés dans des valises à roulettes depuis l'autre bout de la ville, et informait tous azimuts les nombreuses personnes intéressées. C'est ainsi que je fis la connaissance de Matthias Franz. Et rien que pour cette raison, j'avais déjà bien fait d'écrire mon livre.

Nous troquâmes son « *Voyage à Prague* » contre mes « *Noces de velours* ». Et ce fut le début d'un échange fructueux.

Né et formé en RDA, Matthias Franz, libraire fasciné par les interactions entre la RDA, la Pologne et surtout la Tchécoslovaquie, est l'auteur d'articles, de critiques littéraires et de nouvelles. Au travers de nombreuses rencontres avec des Tchèques, des Slovaques et des Polonais (et leurs littératures) ce thème complexe est devenu partie intégrante de sa vie [39].

Depuis notre rencontre, j'ai plus appris sur la Bohème que pendant les cent années précédentes : de Ludvík Vaculík à Josef Škvorecký, la famille Procházka et aussi Werner Heiduczek (et son incroyable roman *kunderien « Tod am Meer »*),

_____

39 *Et c'est ainsi qu'est née l'idée d'une soirée littéraire commune, entre-temps devenue légendaire, à Pankow, le 7 avril 2016 (https://www.facebook.com/events/180436589001620/)*

« *Gottland* », reportages de Mariusz Szczygieł, « *Les années merveilleuses* », poèmes de Reiner Kunze, les adaptations cinématographiques de Hrabal, la série télévisée « *Sacrifice* », de Agnieszka Holland, sur l'immolation de Jan Palach, le film historique « *Jan Hus* », et les chansons contestataires de Karel Kryl, jusqu'au drôle de magasin TUZEX dans le quartier de Prenzlberg, sans oublier les délicieuses *utopenci* (ou *saucisses noyées*) ! C'est l'avantage des débutants, qu'ils ont tout à apprendre.

Au cours d'un séjour en France à la fin de l'été de la même année, je rendis visite à des librairies d'occasion pour y rechercher des livres recommandés par Matthias et pour la plupart épuisés.

Dans la magnifique vieille ville d'Uzès, à quelques pas du Palais des Ducs, je découvris une petite échoppe comme je les aime. Sous les voûtes construites avec le même calcaire que le Pont du Gard tout proche s'entassait un grand choix de chefs d'œuvre de la littérature mondiale, en bon état et bien classés. Dans l'entrée, un homme habillé dans le style classique élégant, assis dans un vieux fauteuil, fumait tranquillement aux sons d'une musique classique raffinée.

Après ma visite en solitaire du petit magasin, je revins à l'entrée avec mes découvertes sous le bras (« *Les lâches* », de Škvorecký, « *La plaisanterie* », de Kundera et des nouvelles de Gorki).

Là, je demandais au propriétaire s'il avait d'autres exemplaires de littérature tchèque. Il interrompit à regret sa lecture et m'annonça d'un ton sec, comme si je lui avais fait une proposition malhonnête :

« *Mais, je n'ai aucun livre tchèque !* »

Je lui montrais ma récolte. Il rétorqua aussitôt :

« *Kundera, il est français ! Les autres, je n'en ai jamais entendu parler.* »

Par pure gentillesse et histoire de le faire profiter un peu de mes immenses connaissances, je lui racontais en quelques mots qui était Škvorecký et quel rôle il avait joué pour la littérature tchèque en tant qu'auteur et éditeur en exil d'œuvres interdites par la censure. Il écoutait distraitement d'une oreille et se mis tout à coup à parler :

« *Intéressant. De la République Tchèque, je ne connais que Prague, une belle ville. J'ai rendu visite à un ami français qui habitait sur place à l'époque. C'était vraiment utile d'avoir un vrai connaisseur à ses côtés. Il m'a tout montré et aussi expliqué comment la ville est très marquée par deux influences.* »

Le libraire fit une courte pause dramatique. Je jouais le jeu et demandais bravement, comme le célèbre soldat, un peu ventru, il est vrai : « *Et lesquelles…?* »

« *C'est très simple…* » poursuivit-il « *la première influence est celle des Américains, bien visible grâce aux nombreux clubs de jazz. Nous avons entendu du Bop. Très bien. Donc, américain.* »

Je ne disais plus rien. Il continua seul avec le deuxième côté de Prague :

« *La deuxième influence est celle des Allemands. Nous sommes allés dans une taverne et c'était exactement comme en Bavière !* »

Qui l'eut cru ? Prague, américaine et allemande. Et rien d'autre. Je payais les livres et partis. Pour le moment, j'avais acquis suffisamment de savoir technique de la bouche d'un expert.

Une semaine plus tard, à Bordeaux, à l'ombre du parking couvert de l'ancien Palais des sports, réservé aux pilotes chevronnés et d'ailleurs vivement recommandé par l'association française de carrosserie, je fouillais à nouveau dans un tas de livres de deuxième œil. Cette fois-ci, le désordre le plus complet régnait et tout était recouvert d'une épaisse couche de poussière.

A la caisse, j'eu un *déjà-entendu* :

« *Kundera, mais c'est un Français !* »

Ok [40]. Après tout, je l'ai écrit moi aussi quelque part dans ce livre. Le commentaire sur le prochain livre m'a d'autant plus amusé:

« *Et en quel honneur devrais-je savoir que ce n'est pas un Anglais ?* »

Il était question d'Artur London, né dans une famille de la petite bourgeoisie germano-juive de Moravie, qui en sa qualité de Vice-ministre des Affaires étrangères de Tchécoslovaquie, après la parution de son livre « *L'aveu. Dans l'engrenage du procès de Prague* » et l'adaptation de ce dernier au cinéma par Constantin Costa-Gavras, avec Yves Montand et Simone Signoret dans les rôles principaux, avait connu une célébrité mondiale peu enviable. Il suffit de voir le regard désespéré d'Yves Montand sur la couverture…

Nous passerons sous silence le fait que, dès 1939, Artur London était un membre actif de la résistance en France et qu'il vécut ici, en exil, avec sa femme française, de 1968 jusqu'à sa mort, en 1986.

Une fois de plus, j'avais tourné en rond, depuis la France vers l'Allemagne et la République Tchèque et retour au point de départ. Prêt à démarrer pour la prochaine manche.

Chercher, c'est vivre ou quelque chose de ce genre aurait pu dire Fernando Pessoa, peut-être le plus bohémien de tous les auteurs portugais…

---

40 *Influence typiquement américaine. Inévitable après plusieurs séjours à Prague.*

Mockrát děkuju! – Merci beaucoup !

Mes remerciements vont à ma femme Sabine, son père Gerhard et sa compagne Helen, mes parents Marcelle & Louis-Clément. Pour quoi exactement, cela n'a aucune importance. Sans eux, je ne serais pas moi.

Pour la lecture critique de la version originale je suis reconnaissant envers Sabine, Henry, Annelie, Peter, Dalik, Marika et tout particulièrement Matthias pour l'éternité. Conscient du fait que tout a une fin.

Un grand merci aussi à:

Monsieur Dušan Robert Pařízek et son équipe d'acteurs et de musiciens du Festival d'art et culture tchèques

L'Ambassade de la République Tchèque à Berlin,

Madame Hana Rosenkrancová, de la Galerie Nationale de Prague, pour son aide dans la recherche du créateur des nains blancs,

Monsieur PhDr. Jan Roubinek, Directeur et Madame Michaela Dostálová, Service documentaire, Mémorial de Theresienstadt, pour l'aimable autorisation de traduire et reproduire le poème « Co jsem ? », de Hanuš Hachenburg,

Matthias Franz, grand connaisseur et amateur de la Tchéquie, pour l'élargissement notoire de mon horizon bohémien.

Sylvie Babin et Michel Géron, globe-trotteurs intrépides et un rien gourmands.

ĴP Bouzák,

Panketal, au printemps 2018

Le cas Bouzac

… né à Cognac, en Charente, vit depuis de nombreuses années entre Berlin & Brandebourg, la Charente et quelque part sur cette planète qui s'entête à rester bleue.

Études laborieuses en sciences naturelles et humaines à Poitiers, en Inde, à Aix-la-Chapelle et Berlin. En apprend tous les jours, la plupart du temps dans le métro berlinois, quand celui-ci n'est pas en panne.

Expériences (parfois involontaires) comme vendangeur, voyageur, ouvrier cartonnier, prof de maths et de tout, soldat d'occupation, importateur de Cognac, conseiller en innovation et développement durable, grand-oncle, ami de la nature et de la culture…

Double lauréat (en tant qu'authentique Français du Sud-ouest et fausse Berlinoise de l'ouest) du concours bilingue *40 histoires franco-allemandes,* lancé par l'OFAJ à l'occasion du centième anniversaire du Traité de l'Elysée (2005).

Lauréat du concours du Conseil social polonais sur le thème : « *Mon parcours en Europe: lieux liés à la Pologne dans la capitale allemande* ». Contribution : collage et courte histoire extraite de « *Ma guerre froide* ». Rencontre choc de l'auteur, en uniforme, avec une Polonaise, elle aussi uniformisée, au musée de Pergame, avant la chute du mur. Prix spécial du jury (2015).

Co-fondateur du *SprachCafé Polnisch e.V.*, association culturelle germano-polonaise reconnue d'utilité publique. Organisation de dialogues-citoyens (sur l'Europe…), de soirées culinaires, littéraires… avec des auteurs contemporains ou passés (http://sprachcafe-polnisch.org).

JP Bouzac a publié :

- « **20 ans en Prusse** », anthologie de nouvelles (entièrement bilingue, ainsi qu'une histoire en polonais), Editions Rhombos, Berlin, 2007,

- « **Ma guerre froide** », récit de ses aventures comme soldat à l'État-Major Allié de Berlin, peu avant la chute du mur, et comme *vétéran*, vingt ans plus tard, fonduja (Les éditions virtuelles du fond du jardin), 2013,

- « *Rendez-vous mit Polską, Polnische Erfahrungen eines Deutsch-Franzosen* », *sorte de déclaration d'amour, un brin critique, à la Pologne, fonduja, 2014, (en allemand seulement),*

- « **MI-TEMPS – 40 ans de bavasseries (76-16)** », fonduja, BoD, 2017, prose et poésie, textes inédits,

- « **Les trente petits** », photos d'animaux africains avec courts textes en français et en allemand, fonduja, BoD, 2018,

- « **Noces de velours** », version française, fonduja, BoD, 2018.

Contributions aux livres de Henry Spietweh avec quatre histoires :

L'une traite des conséquences de la visite d'un jeune Berlinois dans l'ancien camp de concentration de Majdanek près de Lublin, en Pologne (No man's land).

Les deux autres s'intéressent à deux questions franco-allemandes de la plus haute importance : un accident de voiture en plein Berlin (L'accident), la recherche désespérée de lits jumeaux en France (Twin beds)… La dernière se passe en Italie, pays des gastronomes (Doccia globale, seulement en allemand, 2018).

Livres de Henry Spietweh:

- « *Störung im Betriebsablauf – Geschichten vom Reisen, Unterwegssein und Ankommen* », *en allemand, Lulu, 2012,*

- « **Accidents de parcours : Histoires de voyages, d'allers et de retours** », en français, BoD, 2016,

- « *Die Wechselstellung unter Kollegen: Neue Geschichten vom Reisen, Unterwegssein und Ankommen* », *en allemand, BoD, 2018.*